KB116364

여기는 시장, 각오가 필요하지

김혜진 장편소설

위즈덤하우스

차례

등장인물

김모라 (15세)

"엄마가 걸어 놓은 거라서 싫어. 반드시 주워올 거야."

얼굴도 모르는 엄마가 남긴
'반사의 주문'을 풀기 위해 엄마를 만나러
다른 세상의 시장에 간다.

선왕 (15세)

"이름을 잘라 내고 백성의 한 사람으로 살겠다."

살아 있으나 죽은 자가 된 선왕.
단명소를 찾아 이름을 자르고
시장 밖 세상으로 나가고자 한다.

토영(?)

"저는 궁의 호위 무사입니다. 그 사실은 요원히 변하지 않습니다."

선왕의 호위 무사.
지켜야 하는 사람은
오직 한 명뿐이다.

박하 (15세)

"단명소를 찾아낸다면 어려운 시험도 쉽게 통과할 거야."

시장 토박이이자 시장의 길잡이인
여리꾼이 되고 싶은 아이.
토영의 부탁을 받아들여
단명소를 함께 찾게 된다.

모든 문제에는 원인이 있다

난 모르는 일이다, 난 모르는 일이다. 속으로 되뇌었다. 표정도 그에 맞췄다. 무슨 일인지 정말 궁금하다는 듯 눈을 깜박이며 담임이 내게 들이민 큰 종이를 쳐다보았다.

그건 이시연이 그린 그림이었다. 미술 선생에게서 칭찬 백번 받고 학교 대표로 어디 보내기로 했던 수채화. 반쪽만 보면 확실히 잘 그렸다. 그러니까, 검은 물감으로 마구 덧칠해 엉망이 된 부분을 빼면 그랬다.

"김모라, 네가 이런 거 정말 아니야?"

담임이 물었다. 나는 순도 백 프로의 놀람을 담아 대답했다.

"이걸요? 제가요? 전 모르는 일이에요."

"네가 망쳤잖아! 맞잖아!"

이시연이 빨갛게 달아오른 얼굴을 하고 바락바락 외쳤다. 나는 놀란 얼굴을 유지하려 애썼다.

'네가 먼저 내 그림에 까만 물감으로 난리를 쳐 놨겠지!'

진짜 하고 싶은 말은 뱉을 수 없었다. 미친 소리니까. 그리고 그 미친 소리가 바로 사실이다.

내가 차마 입 밖에 내지 못하는 두 가지.

1. 이시연은 내 그림을 까맣게 칠했을 것이다.

2. 그 까만 물감 칠은 이시연의 그림으로 '옮겨 갔다.'

이시연은 1번만 안다. 그러니 내가 복수하기 위해 자기 그림을 망쳐 놓았다고 판단한 것이다. 이렇게 당당하게 나를 범인으로 찍은 게 1번에 대한 증거가 되리란 생각은 못 하고.

문제는 2번이다. 지금 내 그림은 아주 멀쩡할 거다. 당장이라도 미술실로 가서 내 그림에다 똑같은 물감 칠을 해야 한다. '옮겨 갔다'는 걸 들키면…… 상상하기도 싫었다.

이런 일이 생기지 않도록 그렇게나 주의를 기울였는데. 이시연이 사사건건 시비를 걸어도 참았는데, 다 망했다.

어쨌거나 내가 할 수 있는 건 하나뿐이었다. 부인하는 것.

"전, 모르는 일이에요."

초등학교 때 일을 아는 사람은 여기 중학교에는 없다. 나만 버티면 넘어갈 수 있을 것이다.

모든 문제에는 원인이 있다

예비 종이 울리고, 결론을 내리지 못한 선생들은 나와 이시연을 교무실에서 내보냈다. 오 분 내 미술실에 다녀올 수 있을지 궁리하며 빠르게 계단을 오르는데, 이시연이 내 이름을 부르며 뒤를 따라왔다.

"야, 김모라! 도망가지 말라고!"

그 말에 버튼이 눌렸다.

"누가 도망을 가?"

내가 휙 돌자 계단 한 칸 아래 선 이시연이 휘청거렸다. 이시연은 고개를 치켜들고 말했다.

"까놓고 얘기하자. 그래, 내가 먼저 그랬어. 네 그림에 칠해 놓은 거 나라고. 그래서 너도 저런 거잖아. 맞지?"

"아니야."

"이게 진짜……. 너도 그랬잖아!"

"아니라니까!"

차라리 내가 진짜 그런 거면 억울하지나 않지! 부글부글 끓어오르는 속을 간신히 눌렀다. 참자, 참아야 한다. 참지 못하면 이런 일이 또 생길지 모른다.

"김모라, 무슨 일?"

작년에 같은 반이었던 아이가 지나가다 내게 물었다.

"별거 아니야."

목소리를 바꿔 가볍게 말했다. 이시연하고는 틀어졌다 해도 나머지 애들과는 잘 지내야 한다. 이래도 좋고 저래도 좋은 아이. 그게 나였다.

"넌 언제나 그따위야! 사람 무시하고!"

이시연이 버럭 소리를 질렀다.

하, 또 저 소리. 지긋지긋했다. 차라리 제대로 싸우고 싶었다. 할 말 다 하고 한 대씩 주고받으면서!

……그러다가 재작년처럼 되면? 기억이 발목을 잡고, 나는 뒤돌아 계단을 마저 올랐다. 그 순간이었다.

"악!"

우당탕, 등 뒤에서 요란한 소리가 났다. 뒤돌았을 때, 계단 몇 칸 아래 나동그라진 이시연이 보였다. 팔을 붙잡고 울음을 터뜨린 이시연. 나와 이시연을 쳐다보는 놀란 얼굴들.

아, 악몽이 돌아왔다.

"저녁은 된장찌개야."

부엌에서 아빠가 외쳤다. 별 다른 말이 없는 걸 보니 아직 담임이 전화하지 않은 모양이었다.

이시연은 팔에 금이 간 것 같다며 눈물범벅이 되어 조퇴를 했고, 나는 이 역시 모르는 일이라고 주장했다. 옆에서 본 애들의 말로는 이시연이 내 등을 밀었고 튕겨 나가듯 계단 아래로 굴렀다고 했다. 이시연은 내가 무슨 수를 써서 자기를 되밀었다고 했지만 내게는 아무 느낌도 없었다. 살짝 닿는 느낌조차.

'그 일'이 또 벌어진 것이다.

나는 방금 건조기에서 꺼내 온 수건을 소파 위에 내려놓고 소름 돋은 팔을 세게 문질렀다.

"추워? 창문 닫을래?"

아빠가 부엌에서 물었다.

아빠는 내가 기침 한 번이라도 하면 당장 도라지청을 타 오고 학교도 쉬라고 한다. 그러면서도 무엇이 나를 가장 괴롭게 하는지는 모른다. 감기 따위, 걸리든 말든 상관없는데.

"옥돔도 구워 먹을까? 아껴 둔 거 있거든"

아빠는 콧노래를 부르며 냉동실 안을 뒤적였다.

가스레인지 위에서 김을 뿜는 압력 밥솥이 꼭 나 같았다. 불은 꺼질 틈 없이 타오르고, 내 속은 터질 듯 끓어오르고 있다. 감추고 누르던 뚜껑이 새서 오늘 같은 일이 생겼던 걸까? 내가 조금만 더 참았다면 그런 이상한 일은 안 생겼을까?

"아빠."

나는 홀린 듯 입을 열었다.

"선생님이 전화할 거야. 오늘 어떤 애가 팔에 금이 갔는데, 나 때문이래."

아빠는 들고 있던 냉동 생선을 바닥에 떨어뜨렸다.

"걔가 나한테 와서 부딪쳤는데 그렇게 됐어. 나는 아무 짓도 안 했는데."

아주 조금 속이 시원해졌다. 펄펄 끓던 솥에 찬물 한 숟갈 넣은 정도로.

"아…… 그러니까…… 모라 너는 아무 짓도 안 했는데……."

아빠는 말을 심하게 더듬었다. 당황으로 물든 아빠의 얼굴을 보자 참았던 분노와 억울함이 속절없이 치밀어 올랐다.

"이게 처음이 아니야."

아빠가 달려와 소파 내 옆자리에 앉았다. 지금이라면 말할 수 있을 것 같았다. 절대 말 못 할 거라고 눌러 둔, 내가 이상하다는 걸 처음 깨달았을 때의 이야기를.

"처음은 6학년 때였는데."

목소리가 마구 떨렸다.

"그때 어떤 애가……."

나를 싫어하는 애가 있었다. 나도 개가 싫었다. 처음엔 그렇지 않았다. 그토록 잘 맞는 친구는 처음이었다. 좋아하는 놀이며 노래며 먹을 것까지도 취향이 똑같았다. 매일 붙어 다녔고 모든 것을 함께 했다. 그러다 삐끗 사이가 틀어졌고, 좋았던 모든 것들이 싸울 거리가 되었다.

내 인생에 누구를 그토록 열렬하게 미워하고 미움받아 본 건 처음이었다. 나중엔 서로의 물건을 버리고 숙제를 숨기기도 했다. 똑같이 서로에게 못되게 굴었으니 선생님에게 이를 엄두도 못 냈다.

그러던 겨울 어느 날, 그 애가 내 앞에 뭔가를 던져 놓았다.

'네가 이랬지!'

패딩에 난 칼자국, 그 틈으로 튀어나온 보송한 깃털. 미쳤냐고 물었다. 아무리 개가 싫었어도 그런 짓은 안 했단 말이다.

'나한테 복수하려고 이런 거잖아!'

그러니까 개가 내 패딩을 찢었고, 그 복수로 나도 개 패딩을 찢었단 소리였다. 황급히 내 옷을 확인해 봤지만 찢긴 자국은 없었다. 담임은 꿈꿨냐며 그 애를 타박했다. 그 애는 분에 못 이겨 자기가 저지른 일을 몇 개 더 고백했다. 내 실내화에 물감을 묻히고 교과서를 숨기고.

'근데 김모라 거는 멀쩡하고 제 것만 물감이 묻고 책도 없어졌다고요! 다 김모라 쟤가 그런 거예요! 쟤가 무슨 수를 써서 자기는 피하고 나만⋯⋯.'

'말이 되니, 그게?'

담임은 물론이고 아이들도 웃어넘겼다. 김모라가 얼마나 싫었으면 저런 거짓말을 지어내냐고들 했다. 나 역시 기세등등하게 그 애를 비난했다. 이틀 뒤 그 애가 모두가 보는 앞에서 내게 신발주머니를 집어 던지기 전까지 그랬다.

코앞까지 날아온 신발주머니는 되감기하듯 도로 날아가 그 애 머리에 세차게 부딪쳤다. 거짓말이 아니었던 거다. 패딩도, 물감도, 교과서도.

학교에 소문이 쫙 났다. '김모라에게 해코지를 하면 되돌아온다.'

라고. 실험을 해 보고 싶어 하는 애들은 내 머리를 향해 공을 던지고 내 물건을 어지럽혔다.

'에이, 안 되돌아오는데?'

머리를 강타하는 아픔과 찢겨 나간 공책에 안심했다. 이건 정상이니까. 선생들은 상황을 제대로 파악하지 못했고 나는 괜찮다고만 했다.

겁이 났다. 뭐지? 왜 그런 일이 생겼지? 내가 낼 수 있는 답은 하나였다.

내가 이상해서. 나에게 이상한 점이 있어서.

구겨진 공책을 펴고 바닥에 흩어진 필기도구를 주우며 왜 그 애하고만 그런 일이 생겼는지에 대해서 생각했다. 장난으로 날 공격하는 다른 애들과 그 애가 달랐던 점은 하나였다. 내가 정말 그 애를 싫어했고, 그 애도 날 싫어했다는 것. 너무나 가까웠고, 그만큼 지독하게 서로를 찔러 댔다는 것.

졸업과 동시에 이사를 하고 낯선 동네 중학교에 입학하면서, 내 목표는 적을 만들지 않는 것이 되었다.

그 누구하고도 미워하고 미움받을 일을 만들지 않으려고 노력했다. 뭐든 적당히 웃으며 넘어가고, 싫어도 싫은 티 내지 않고 참았다. 너무 가까워질 것 같으면 한 발 물러서고 너무 멀어질 것 같으면 한 발 다가서고.

2학년이 되어 이시연을 만나게 되기 전까지는 그 방법이 통했다.

모든 문제에는 원인이 있다

이시연을 보자마자 6학년 때의 그 아이가 떠올랐다. 취향도 비슷하고 말도 잘 통하는, 절친이 될 것 같은 아이. 그래서 처음부터 거리를 두었다. 이시연이 주번을 도와준다는 것도 됐다고 하고 생일 파티에 오라는 것도 핑계를 대고 거절했다. 내게 관심 끄기를 바랐던 건데 도리어 역효과가 났다.

'너 나 무시해?'

이시연이 내게 따지고 들었을 때, 나는 아무 대답도 하지 못했다. 무시가 아닌데. 나를 보호하려는 건데. 이시연이 사소한 일로 빈정거리고 골탕 먹일 때도 그저 참았다. 참으면 괜찮을 줄 알았다.

'네가 이랬지!'

오늘 아침, 이시연이 까맣게 칠해진 그림을 들고 나타났을 때 내가 느꼈던 감정은 말로는 설명이 안 되었다. 억지로 닫아 둔 상자가 펑 열리고 잊으려 했던 악몽이 뛰쳐나온 그 기분.

"……무서웠어."

아빠는 안경을 벗고 두 눈을 문질렀다. 당연히 못 믿겠지. 농담이었다고 할까, 웃어넘기는 게 나을까. 말을 주워 담을 방법을 고민하는데, 아빠가 입을 열었다.

"그거, 엄마가 해 놓은 거야."

"뭐?"

"엄마가, 그렇게 되도록 해 놓은 거라고. 근데 이쪽에선 그렇게 세게 작용할 리가 없는데……. 네가 눈치 못 채게 살짝만 반사해야 맞는 건데…….”

귀가 멍멍해지고 아빠의 목소리가 멀어졌다.

엄마가, 해 놓았다. 이걸 내가 어떻게 해석을 해야 하나.

1. 이 모든 문제에는 원인이 있다.

2. 그리고 그 원인은 엄마다. 얼굴도 모르는 그 엄마.

아빠는 계속 말을 하고 있었다.

“그게 다 엄마가 널 사랑해서…….”

“엄마? 진짜 엄마 말이야? 엄마가 뭘 했다고?”

“그러니까…… 주문을 걸었어.”

눈앞이 핑 돌았다. 냉장고와 밥솥과 에어프라이어, 아주 평범해 보이던 것들이 소곤대고 낄낄거리며 날 쳐다보는 것 같았다.

나에게 ‘엄마’라는 건 원래 없는 거였다. 집 안 어디에도 엄마의 흔적이 없고 아빠가 먼저 얘기를 꺼내는 적도 없었다. 이모나 외할머니 같은 엄마 쪽 친척도 모른다.

궁금해도 참았다. 아주 안 좋게 헤어졌을 거라고 짐작만 했다. 아빠가 엄마와 연락하는 사이였다면 내가 폐렴으로 입원했을 때나 아빠가 2박 3일 출장을 가야 했을 때, 옆집 할머니와 어린이집 선생님의 도움을 받는 대신 엄마에게 전화라도 했을 테니까.

그런데 갑자기 이런 순간에 엄마라니.

"반사의 주문이야."

아빠가 조심스레 말을 덧붙였다.

"반사? 반사아?"

반사! 딱 맞는 말이었다. 반사된 거였어! 패딩도, 신발주머니도, 물
감 칠도!

"너 모기 안 물리는 것도 그 주문 덕이야."

나는 열다섯 살이 되도록 모기에 물린 적이 없었다. 내 피는 모기
가 싫어하는 맛인가 보다고 농담 삼아 얘기하곤 했는데 그것도?

"엄마는, 왜 그런 걸 나한테 걸었는데? 뭐, 모기 물리지 말라고?"

목소리가 멋대로 갈라졌다. 아빠랑 옥돔과 된장찌개를 먹으며 텔
레비전이나 봐야 할 저녁 시간에 이런 대화를 나누고 있다는 게 너
무 이상했다.

"아니, 널 보호하려고 한 거야. 모기 같은 건 덤으로 얻어 걸린 거
고. 그렇게 눈에 띄지 않을 정도로만 반사했어야 했는데……. 모라
네 짐작이 맞을지도 모르겠어. 서로 엄청 싫어하는 사이여서 세게 반
사했다는 거 말이야. 너 여섯 살 때도 그런 일 한 번 있었거든. 걔는
어깨뼈 탈골됐었는데. 내가 직접 봤어."

하루는 사이가 좋다가 다음 날은 견원지간처럼 싸우던 애가 있었
다고 했다. 어느 날 놀이터 미끄럼틀 위에서 그 애가 나를 밀었고,

'반사'되어 그 아이가 떨어졌다는 거였다. 듣고 보니 놀이터에 구급차가 왔던 일이 어렴풋이 기억났다.

"그 뒤로는 세게 반사한 적 없는 줄 알았어. 얼마나 맘고생이 심했을까. 왜 아빠한테 말 안 했어?"

아빠가 눈물을 글썽이며 내 손을 꼭 잡았다.

"나는…… 몰랐어."

이유가 있는 줄 몰랐다. 말해도 되는 줄 몰랐고, 물어봐도 되는 줄 몰랐다.

답을 들을 수 있다면 물어볼 게 아주 많았다. 보호를 위해 주문을 걸었다는 것부터 이상했다. 뭐에 대해서 보호하는데?

"그럴 이유가 있었어. 아빠는 말 못 하지만……."

아빠는 괜히 안경을 닦았다. 어색하거나 불안할 때 아빠의 버릇이었다.

"왜 말을 못 해? 아니, 그 전에, 엄마는 어딨는데?"

아빠는 눈을 꽉 감았다. 가슴이 덜컹거렸다. 너무 늦은 질문이었나. 엄마는 이미…….

아빠의 떨리는 입술 사이로 대답이 흘러나왔다.

"남대문시장에."

남대문시장. 가 본 적은 없지만 텔레비전에 수없이 나오는, 원래 이름은 숭례문인 남대문 옆에 있다는 시장. 차라리 남극이나 아르헨

티나에 있다고 했으면 이렇게까지 말문이 막히진 않았을 거다.

아빠는 두 손을 나란히 무릎에 올린 채 내 반응을 기다렸다.

"엄마…… 재혼했어?"

"재혼이라니, 우린 이혼하지도 않았는데?"

그럼 왜 같이 안 산단 말인가. 아빠는 엄마에게 시장 밖에 나오지 못할 사정이 있다고 말했다. 누가 잡아 가두기라도 했나? 그럼 경찰에 신고부터 해야지!

"아니야, 그런 거 아니고. 하, 아빠는 거기 얘기를 할 수가 없거든……."

아빠는 답답한 듯 자기 머리카락을 마구 헝클었다.

"왜 얘기를 못 해? 내가 가면 만날 수는 있는 거야?"

그렇게 놀랄 만한 질문이었나. 아빠는 화들짝 몸을 일으키다가 소파에 올려놓았던 세탁물 더미를 무너뜨렸다.

"그럼, 모라 너는 만나러 갈 수 있지. 아빠는 못 가지만, 모라 너는 갈 수 있어."

아빠는 내 두 손을 꼭 잡았다.

"만나러 가도 돼. 그건 네 권리야. 막상 엄마를 만나 보면 네 생각과 다를 수도 있겠지만, 그래도 가고 싶으면 가야지! ……그렇지만 거긴 위험한 곳이야."

"남대문시장이?"

"응. 시장이."

아빠가 파악이 안 되는 표정으로 날 바라보았다. 슬퍼하는 것 같기도, 기대하는 것 같기도 했다.

"그 시장이…… 내가 알고 있는 그 시장 맞아?"

숨 막히는 몇 초가 지나고, 아빠는 조용히 고개를 가로저었다.

"나 생각 좀 할게."

나는 자리에서 일어나 가스레인지부터 껐다. 아빠가 떨어뜨린 냉동 생선을 주워 싱크대 위에 올려놓고 심호흡을 했다.

간단히 받아들일 수 없는 정보들이 찢어진 패딩 구멍에서 나온 깃털처럼 나부꼈다. 희한하게도 무섭거나 거부감이 들지는 않았다. 잃어버린 지 오래되어 맞추기를 포기했던 퍼즐 조각들이 손에 들어온 기분이었다.

엄마가 같이 살지 않는 것에는 이유가 있다. 아빠는 말 못 한다고 했지만.

엄마가 어디 있는지도 알았다. 바로 남대문시장.

내게 이상한 일이 벌어졌던 이유도 알았다. 받아들이기 힘들지만, 반사의 주문이란 것 때문에.

잠깐, 주문이 걸려서 그런 일이 생겼다면, 주문을 풀면 그런 일이 안 생기는 거 아닌가?

"그거, 풀 수도 있어? 주문이라는 거? 엄마가 걸었으니까? 어?"

나는 아빠에게 달려가 물었다. 흥분해서 말이 뒤죽박죽으로 나왔다.

"풀었으면 좋겠어?"

아빠가 심각하게 되물었다.

당연한 소리! 주문이란 게 없다면, 그래서 이런 일이 벌어지지 않는다는 확신만 있다면, 나는 사사건건 맘 졸이고 눈치 보며 살지 않아도 된다. 맘 놓고 미워하고 싫어해도 된다. 그리고, 가까워져도 된다. 나중에 틀어질까 봐 걱정하는 일 없이 마음껏 친구가 되어도 되는 것이다.

"당장 풀고 싶어."

풀고 나면 가장 먼저 이시연에게 따지고 들 거다. 내가 지금까지 할 말이 없어서 참은 줄 아냐고 따지면서 대판 싸울 거다. 상상만 했는데도 통쾌했다.

"모라야, 그건 엄마하고 직접 얘기해 봐야 할 것 같아."

한 발짝 물러서는 아빠의 팔을 꽉 붙잡고 시장 어디에 엄마가 있는지만 알려 달라고 했다. 당연한 질문인데도 아빠는 얼굴이 희게 질렸다.

"……이런 날이 올 줄 알고 준비를 했어. 요가랑 명상도 오래했다고. 잠깐 기다려 봐."

아빠는 벌떡 일어나 맨손 체조를 하고는 바닥에 가부좌를 틀고 앉았다. 한참 숨을 가다듬더니, 아빠가 말했다.

"엄마는 물품…… 보관소에 있어. 허어, 허억, 더 이상은, 말 못 해. 콜록, 콜록!"

아빠가 세차게 기침을 해 댔다. 입을 가린 휴지에 시뻘건 피가 묻어 나왔다.

"아빠! 이게 다 뭐야!"

"모라 너도, 거기서는 함부로 보……."

아빠는 다시 숨을 몰아쉬었다.

"거기에 대한 말은 웬만하면 하지 않는 게 좋을 거야. 나처럼 아플 일은 없지만, 시장 사람들이 싫어할 테니까."

세상은 얼기설기 가려져 있고, 그 갈라진 틈으로 보이는 것은 무엇일까. 섬뜩하고도 매혹적인 수수께끼가 내게 손짓하고 있었다.

여기는 시장,
각오가 필요하지

열다섯 평생에 처음으로 엄마를 만나는 것. 반사라는 이 이상한 현상을 해결할 기회.

어쩌다 보니 나는 엄마의 존재를 알게 된 지 이틀 만에 가방 하나 메고 집을 나서게 되었다.

"모라야, 조금만 더 있다 갈래? 아빠가 같이 못 가니까 얘기라도 듣고 가. 보약 한 재 지어 먹으면 더 말할 수도 있을 거야."

아빠는 안절부절못했다.

"또 피 토하려고? 지금 갈래. 가서 직접 부딪쳐 보면 되지."

당장이라도 엄마를 찾아가고 싶었다. 몰랐다면 또 모를까, 아는데 기다리긴 싫었다. 여태껏 참을 만큼 참았단 말이다.

말하지 말라고 했는데도 아빠는 콜록거리며 몇 가지 사실을 더 알려 주었다.

우리가 사는 이쪽 세상이 아닌, 저쪽 세상에 엄마가 있다. 두 세상은 겹쳐져 있지만 각 세상 사람들은 다른 쪽을 느끼지 못하고 살아간다. 다만 두 세상이 통하는 장소가 몇 군데 있는데 시장이 그중 하나였다. 나라면, 그러니까 엄마의 딸인 나라면 쉽게 그쪽 세상의 시장으로 건너갈 수 있을 거라 했다.

"잘 다녀와. 그럴 수 있을 거야. 아빠는 우리 딸 믿어."

아빠는 지하철역 개찰구 앞에 서서 금방이라도 울 것처럼 입꼬리를 내리고 손을 흔들었다.

혼자가 되자 부담과 걱정이 조금씩 차올랐다. 나는 지하철 자리에 앉아 가방을 꼭 끌어안고 불안함을 달랬다. 가방에는 내 물건들 말고 아빠가 챙겨 준 게 두 개 더 들어 있었다. 굳이 필요한가 싶은 스위스 군용 칼, 그리고 공책 크기의 수묵화였다. 얇은 한지에 먹으로 그린 까치 그림은 꽤 근사했다. 아빠는 이 그림이 엄마가 가지고 있던 것이라며, 나에게 도움이 될 거라고 했다.

엄마. 속으로 발음해 봤다. 너무 어색했다.

엄마는 어떻게 생겼을까. 나랑 아빠는 꽤나 닮았다고들 하는데, 그럼 엄마랑은 안 닮았으려나. 그래도 알아볼 수 있을 것 같았다. 엄마는 날 알아볼까? 엄마가 날 보고 너무 놀라면 어쩌지? 찾아가겠다고 전화라도 했으면 좋았겠지만 이쪽에서 연락할 방도는 없다고 했다.

왜 엄마는 저쪽에, 아빠와 나는 이쪽에 살고 있을까. 이쪽과 저쪽은 얼마나 다를까?

"이번 역은 회현, 회현역입니다. 내리실 문은 왼쪽입니다."

회현역 바로 앞이 남대문시장이었다. 그러나 아빠가 가르쳐 준, 저쪽 세상의 시장으로 들어가는 길은 따로 있었다. 나는 지하철역을 나와 시장 바깥으로 빙 둘러 걷다가 남대문로지하쇼핑센터로 내려갔다.

눈에 띄는 표시가 있다고 했는데……. 바닥에 맨홀처럼 둥근 금속 안내판이 박혀 있었다. 남대문, 남대문시장, 한국은행을 가리키는 세 개의 화살표 옆에, 특이한 타일 하나가 붙어 있었다.

남대문시장 →

이거다! 타일은 안경점과 공예품 가게 사이로 간격을 두고 이어졌다. 쭉 앞만 표시하던 화살표는 옆으로 한 번 꺾더니, 지상으로 올라가는 계단을 가리켰다.

남대문시장 ↑

계단 오른쪽은 작은 노점이었다. 한 노인이 등산 의자에 앉아 신문을 읽고 있었는데, 노점에 깔리고 걸린 것들은 붓으로 쓴 알록달록한 글씨와 산수화와 동물 그림들이었다.

노인이 내게 시선을 던졌다. 숱 많은 흰 눈썹이 동그란 금테 안경

위를 덮을 만큼 길었다.

"보고 가라, 맘에 드는 게 있으면 싸게 해 주마."

"괜찮은데요."

내 말이 끝나기 무섭게 노인이 그림 위로 손을 뻗었다. 바닥에 깔린 종이들이 파도가 친 것처럼 일렁였다. 아니, 종이는 그대로였다. 종이에 그려진 그림들이 움직였다……. 호랑이가 이빨을 드러내고, 뱀이 똬리를 틀고, 닭들은 날개를 퍼덕였다.

"깜짝이야!"

나는 펄쩍 뛰어 물러서다가 발이 꼬여 넘어질 뻔했다. 노인이 껄껄 웃었다.

"고작 이런 걸로 그리 소스라치면 시장에선 어쩌려고. 어쩌다 이 길로 접어들었는지 모르겠다만, 돌아서 저 옆 출구로 나가라. 네가 아는 시장이 나올 테니까."

"아니오, 여기가 맞는 것 같은데요."

놀라움이 가라앉고 확신이 솟아났다. 아빠가 말한, 저쪽 세상의 시장으로 들어가는 길이 여기인 게 분명했다. 두렵지는 않았다. 빨리 안에 들어가고 싶어 조바심이 났다.

"어허, 너 같은 사람들이 많다. 뭐라도 얻어 볼 요량으로 이 시장에 들어왔다가 한 시간도 못 되어 꽁지 빠져라 도망치지. 도망이라도 칠 수 있으면 다행이게? 시장에서 길을 잃고 영영 헤맬 수도 있어. 냉큼 돌아가라."

문득 집에서 챙겨 온 그림이 생각났다. 엄마의 것이니 저쪽 시장과 관련이 있을 것이다. 그거면 내가 이 시장에 들어갈 만하다는 증명이 되려나?

내가 가방에서 그림을 꺼내 들자 노인이 화들짝 놀라 자리에서 일어났다. 낚시 의자가 벌러덩 뒤로 넘어갔다.

"이건! 어디서 났니? 이런 걸, 너 같은 애가 어떻게 가지고 있어?"

그때였다. 그림 속 까치의 깃털이 바르르 떨렸다. 동그란 눈이 반짝이고, 부리가 '딱!' 소리를 내며 서로 부딪쳤다.

"함부로 다루지 말랬지! 내 몸에 자국 나는 꼴을 보고야 말 테냐?"

새된 말소리가 그림으로부터 튀어나왔다. 나는 너무 놀라 종이를 확 던져 버렸다. 노인이 종이를 잽싸게 받아들자 까치는 노인에게 손을 떼라며 호통을 쳤다.

노인은 아쉬운 기색으로 종이를 내게 넘겼다. 까치의 까만 눈동자가 나를 향했다.

"너 어떻게 이럴 수 있니!"

"저요? 제가…… 뭘 잘못했을까요?"

나도 모르게 존댓말이 나왔다. 그림 속 까치가 살아 움직이는 모습은 눈을 뗄 수 없도록 신기하고 박력이 넘쳤다.

"잠깐이면 된다며! 아무리 자도 눈 뜨면 컴컴한 상자 속이었어! 이제야 제대로 숨을 쉬겠네. 그동안 무슨 엉뚱한 짓을 벌인 게야?"

"저기, 사람을 잘못 보신 거 같은데요. 짐작 가는 건 있는데, 음, 이 그림이, 엄마 거였다는데요."

까치의 눈이 나를 훑었다.

"그러고 보니 현아는 너보단 더 훤칠했던 거 같군. 현아의 딸이 이렇게 컸다니? 맙소사, 시간이 얼마나 흘렀다는 거냐?"

까치가 그림 속에서 깃털을 퍼덕였다. 깃털이 불러일으킨 작은 바람을 나는 분명히 느꼈다. 먼지와 향내와 비릿한 냄새가 뒤섞인 바람이었다.

노인이 슬쩍 끼어들었다.

"저와 가시지요. 제가 잘 모실 수 있습니다. 더 넓은 그림으로 옮겨가고 싶으시면 배경을 그려 드릴 것이고……."

"시끄럽다!"

까치가 거친 소리를 내뱉자 노인은 찔끔 입을 다물었다. 까치는 잠시 말이 없다가 부리를 열었다.

"네 엄마를 만나야겠다."

"저도 엄마를 찾아가는 중이에요."

"말 높이지 마라! 인간들 하는 짓들은 하나같이 우스워. 이만 가자. 저 호랑이가 입맛 다시는 거 안 보이니?"

나는 까치를 챙겨 들고 안절부절못하는 노인을 지나쳐 계단을 올랐다.

계단 마지막 단을 밟고 올라서는데 헙, 짧게 숨이 막혔다. 눈앞이 두꺼운 비닐로 가려진 듯 흐려졌다가 다음 발자국을 떼자 이내 선명해졌다.

나는 뒤돌아보았다. 어? 계단 아래 있어야 할 할아버지와 그림들이 온데간데없었다. 손을 슬쩍 내밀어 보았다. 투명한 젤리 같은 막이 있었다.

"뭐 하고 있느냐, 처음 보는 것처럼."

까치가 못마땅하다는 듯 말했다. 정말 처음 봤다고 대꾸하자 까치의 동그란 눈동자에 의심의 빛이 어렸다.

"시장이 처음이야? 현아의 딸이라면서! 허, 네가 현아의 딸이란 걸 어떻게 믿지? 혹시 날 이용해서 보관소로 가려는 거냐? 헛수고 말아라, 내게 보관소를 찾으라 해도 소용없다!"

"그게 아니라…… 그럼 넌 물품보관소가 어디 있는지 알긴 알아?"

까치는 대답하지 않았다. 몇 번을 물어도 똑같기에 그림을 접어 가방에 넣으려 했다. 그제야 까치가 다급히 외쳤다.

"잠깐! 접지 마라, 둥글게 말아! 접으면 졸리단 말이다!"

"도와주지 않을 거라며?

나는 종이를 꽉 접었다.

"알았다, 알았다고! 보관소 말고 다른 도움은 될 수 있을 거 아니냐. 뭘 모를 땐 내게 물어라, 엉뚱한 짓 하지 말고. 네가 정말 현아의 딸이라면 보관소와도 연결될 거다. 시장은 원하는 걸 얻는 장소이니까."

내가 원하는 것, 엄마를 만나 내게 걸려 있다는 반사의 주문을 없애는 것!

나는 종이를 말아 가방에 넣었다. 날 의심하는 그림 속 까치라 해도 없는 것보단 나았다. 설렘과 두려움을 안고, 나는 앞으로 걸었다.

코앞이 시장이었다.

시장에 들어서자 소음과 색깔들이 먼저 나를 반겼다. 오토바이의 경적이 빵 하고 짧게 울렸고, 가게 앞 스피커에서 경쾌한 노랫소리가 흘러나왔다. 장사꾼들은 여러 나라의 말로 손님을 끌었다. 가게마다 오색의 옷들이 굴비처럼 줄줄이 걸렸고, 빨강 파라솔 밑 수레에도 물건이 가득 쌓여 있었다.

사람도 길을 메울 정도로 많았다. 가게 앞에 나와 손님을 끄는 호객꾼들, 짐을 오토바이에 싣고 곡예 하듯 운반하는 사람들과 걷다 멈추다 하며 물건들을 구경하는 사람들…….

까치 그림처럼 희한한 것들이 툭 튀어나올까 봐 경계했는데, 그렇진 않았다. 파는 물건들도 첫눈에 보기엔 평범했다. 긴장이 서서히 풀렸다.

물품보관소는 어디에 있을까? 나는 사람들 틈에 끼어 발길 닿는 대로 걸어 나갔다. 그러다 앞사람이 더 좁은 골목으로 접어들기에 무심코 그리로 향했다. 그게 실수였다.

"헉!"

골목 입구부터 가파른 계단이었다. 나는 발을 헛디디고 허우적대다가 내 앞사람의 등에 세차게 부딪쳤다. 개량 한복을 입은 아저씨가 인상을 팍 쓰고 나를 돌아보았다.

"죄송합니다, 죄송합니다."

너무 창피한 나머지 몸을 돌려 계단을 오르려 했다. 그러다 더 큰 사고를 일으키고 말았다.

내 뒤에서 계단을 내려오던 사람과 정통으로 부딪친 것이다. 정확히는 그 사람이 들고 있던 은색 쟁반과.

눈앞에서 쟁반에 담겨 있던 그릇과 식기가 널뛰듯 날아올랐다. 와장창! 시끄러운 소리가 났고, 그 사람은 아슬아슬하게 수저와 비닐에 싸인 반찬 접시를 도로 쟁반에 받아 냈다. 종이컵 묶음과 뚜껑을 밀봉한 주전자만 바닥에 떨어졌다.

"거꾸로 올라오면 어떻게 해!"

내 또래 여자애가 버럭 소리를 지르며 주전자를 주웠다. 주전자의 플라스틱 손잡이가 반쯤 부러져 덜렁거렸다. 그 앤 주전자를 쟁반 위에 올려 보려 했지만 쟁반 위는 랩으로 싸인 대접 세 개와 밥그릇과 반찬 접시들로 한 치의 빈 공간도 없이 꽉 찬 상태였다.

"미안, 어쩌냐. 내가, 어떻게, 도와줄까?"

너무 미안해서 말도 잘 안 나왔다.

그 애는 나를 휙 올려다보았다. 값어치를 재는 시장의 눈빛이었다.

"이거 들고 나 따라와. 뜨거우니 조심해."

그 애는 찌그러진 금속 주전자와 종이컵 한 뭉치를 내게 넘기곤

후다닥 계단을 내려갔다.

나는 황급히 그 애를 따랐다. 상가 건물 안에는 작은 가게들이 엄청나게 많았고 통로는 개미굴 같았다. 길에서 봤을 때와는 딴판이었다.

"배달이요! 좀 지나갈게요! 뜨거워요!"

그 애는 머리 위로 쟁반을 치켜들고 사람들이 들어찬 좁은 통로를 빠져나갔다. 무거운 짐을 들고 있는데도 엄청 빨랐다.

"저기, 잠깐만요, 좀 비켜 주세요……."

나는 그 애를 놓치지 않기 위해 안간힘을 썼고, 어느 이불 가게 앞에서 그 아이를 따라잡았을 땐 땀범벅이 되어 버렸다.

"고작 3인분을 둘이 가져오니? 반찬은 왜 이래, 다 쏠렸잖아. 어디 떨어뜨리기라도 했니?"

좁은 가게 안에 모여 앉은 여자들이 못마땅한 눈길로 그릇을 훑었다.

"맛은 그대로예요. 다음에 서비스 드릴게요. 그럼 맛있게 드세요!"

그 애는 꿋꿋하게 대꾸하곤 돌아섰다. 나는 주춤거리며 그 애를 따랐다. 상가 밖으로 나와서 그 애가 말했다.

"도와줬으니까 퉁치는 거다. 앞으론 주위를 잘 살피며 다니길 바랄게. 그럼 이만."

"어, 잠깐!"

이것도 인연이라면 인연이었다. 얘는 시장 길을 잘 아는 것 같으니까……. 찾는 곳이 있다는 내 말에, 그 애는 눈을 빛냈다.

"뭘 사려고? 말만 해, 여긴 남대문시장이잖아. 고양이 뿔 빼면 다 있다는 곳! 아, 요즘은 고양이 뿔 파는 가게도 생겼다더라."

물품보관소에 대해 물어보고 싶었지만 아빠의 충고가 내 입을 막았다.

"시장 전체 지도 같은 거 있을까? 내가 직접 찾으려고."

"아하, 남에게 알려 주기 좀 그런 덴가 보지? 알았어, 사람마다 취향이 있는 법이지. 가자, 중앙통 초입에 큰 지도판이 있어."

"뭐? 아냐, 그런 거 아닌데!"

우리는 걸어가며 이야기를 나누었다. 그 애의 이름은 박하였고 나이는 나처럼 열다섯이었다. 할머니는 시장에서 갈치조림식당을, 이모는 분식집을 하고 양쪽 가게 배달을 다 하느라 점심때는 몸이 두 개라도 모자라도록 바쁘다고 했다.

"두 시간 내내 뛰어다녀야 돼. 다들 예민하거든. 오전 장사 잘 안 된 집은 그 스트레스를 나한테 푼다니까. 자, 이쪽이 지름길이야."

박하는 건물 안으로 쑥 들어갔다. 양쪽으로 작은 옷가게들이 따닥따닥 붙어 있는 좁은 길이 미로처럼 이어졌고, 박하는 물 만난 물고기처럼 신나게 걸어갔다.

곧 꽤 넓은 길이 나왔다. 고소한 냄새를 풍기는 호떡 노점들 사이 커다란 시장 지도판이 있었다.

보자마자 한숨이 나왔다. 가게가 이렇게 많다니! 원래 지도에 덧

붙여 그리고 지운 흔적들 때문에 무슨 고대 무덤에서 발굴한 벽화 같았다.

박하는 내가 어지간히 못 미더운지, 데려다줄 테니 가게 이름을 말하라고 재촉했다.

"괜찮아, 천천히 볼게. 어, 여기까지 데려다줬으니 호떡이라도 사 줄게."

실은 내가 먹고 싶었다. 박하는 한사코 사양하다가 이왕이면 원조 에서 먹자며 노점 하나를 골랐다.

마늘 소스에 찍어 먹는 야채 호떡은 꽤 맛있었다. 속에 든 잡채가 빠지지 않게 조심하며 한 입 베어 무는데, 누군가 길게 늘어선 줄을 무시하고 노점으로 다가갔다. 그 사람은 갓 튀겨진 호떡을 맨손으로 잡더니 그 뜨거운 걸 입에 쑤셔 넣었다.

희한하게도, 그 사람은 얼굴이 흐릿했다. 언뜻 보면 이목구비가 있 는데 자세히 보려고 하면 초점이 안 맞았다. 바람에 밀려가듯 앞으로 휘청휘청 걸어 나가는 모습에 오싹 소름이 돋았다. 나는 박하의 팔을 붙들었다.

"방금 봤어? 하얀 사람! 유령 같았어!"

"뭐어? 하긴 시장 밖엔 껍데기들이 드물댔지."

박하가 풋 웃음을 터뜨렸다. 그저 시장 밖이 아니라 아주 저쪽 바 깥에서 왔다는 건 상상 못 하는 듯했다.

"껍데기들이야. 속이 비어 가면서 겉만 남게 되는데, 완전히 비면

매미 번데기 허물처럼 얇아져서 바스러지지. 다 비기 전까진 저렇게 먹을 것을 찾아. 시장은 껍데기를 너그러이 봐줘. 약한 자들을 먹이는 것이 시장의 법도거든.”

한 번 보고 나니 껍데기들이 계속 눈에 띄었다. 표백제에 들어갔다 나온 것처럼 색이 바래고 가벼워 보이는 사람들이었다. 껍데기들은 가게 옆에 우두커니 서 있거나 계단참에 앉아 있기도 했다. 하얀 매미 허물 같아 보이는 이도 있고, 옷의 색깔과 머리 스타일, 나이까지 어느 정도 짐작 가는 이도 있었다.

박하는 순식간에 호떡을 먹어 치우곤 안내소에서 지도를 얻어 오겠다고 했다.

“지도판보단 보기 편할 거야. 넌 마저 먹고 있어!”

박하가 자리를 뜨자 가방 속에서 까치의 볼멘소리가 흘러나왔다.

“팔자 좋구나. 손에 묻은 기름부터 닦아라. 나에게 한 방울도 묻히지 않도록!”

가을 하늘은 파랗고 바람은 적당히 시원했다. 하늘만 보면 내 세상과 다를 바 없는데, 이쪽 세상에서는 그림이 살아 움직이고 속이 빈 사람이 거리를 활보한다. 무서울 만한 상황이지만 도리어 안도감이 들었다. 이런 곳에서는 나도 그다지 이상한 게 아닐지 모른다. 그러니까, 주문이 걸린 나도.

엄마가 주문을 풀어 준다면 원래의 세상에서도 이상하지 않게 될 것이다.

생각에 잠겨 휴지로 손가락을 닦는데 옆에서 누가 말을 걸었다.

"저기……."

모자를 깊게 눌러 쓰고 검은 마스크를 쓴 남자였다.

"시장에 손님으로 오신 것이지요?"

나는 엉겁결에 고개를 끄덕였다. 뭐, 물건을 팔러 온 건 아니니까 손님 맞겠지.

"죄송합니다만, 이걸 저쪽에 있는 저…… 사람에게 좀 주실 수 있을까요?"

남자는 생수병과 광고지로 접어 만든 봉지를 내게 내밀었다. 종이 봉지 안에는 호떡이 들어 있어 달달하고 기름진 냄새가 피어올랐다.

"말 걸지 마시고 앞에 내려놓기만 하시면 됩니다."

남자가 가리킨 쪽에는 껍데기들이 모여 있었다. 껍데기 얘긴가 싶었는데, 벽 모퉁이 쓰레기통 옆에 사람이 앉아 있었다. 검푸른 옷을 입고 머리에도 같은 색깔의 모자 같은 천을 쓴 채 웅크리고 있어 쓰레기봉투로 착각할 법했다.

"왜 직접 안 하고요?"

"제가, 좀 사정이 있어서……."

모자 아래로 눈이 드러났다. 금방이라도 눈물이 뚝 떨어질 것처럼 물기 어린 눈이었다. 나쁜 사람은 아닌 것 같았다. 먹을 걸 가져다주는 게 나쁜 일도 아닐 거고.

내가 생수와 호떡 봉지를 받아들자 그 사람은 연신 감사를 표하고는 인파 속으로 사라졌다.

껍데기들에게 닿지 않도록 조심히 다가가 웅크린 사람 앞에 생수병과 호떡 봉지를 내려놓았다. 움찔, 검은 뭉치가 움직였다. 눈썹을 덮은 검푸른 천 밑으로 얼굴이 반쯤 보였다. 어린애였다. 나랑 비슷하거나 더 어리거나. 경계심이 동정심으로 바뀌었다.

"제가 산 건 아니고, 누가 주라고 해서요. 어, 음……. 맛있게 먹어요."

그 사람은 허겁지겁 생수병 뚜껑을 따려 했지만 힘이 없는지 손이 헛돌았다. 나는 그 앞에 쪼그리고 앉아 뚜껑을 열어 주었다.

그 애는 물병을 낚아채듯 잡았다. 물을 벌컥벌컥 들이키는데, 반은 흘렸다.

"잠깐만요, 휴지도 줄게요."

나는 가방에서 여행용 휴지를 꺼내 내밀었다. 그러다 그 애와 눈이 마주쳤다.

쌍까풀이 가늘게 진 순해 보이는 눈이 커졌다. 마르고 튼 입술 사이로 가느다란 목소리가 들려왔다.

"무슨…… 이런…… 시장 사람이로구나. 이러면 안 된다……. 도망치거라……."

그 작은 목소리가 귀에 쏙쏙 들어왔다. 방금 전까지도 귀청을 울리던 시장의 소음들이 확 줄어든 덕이었다.

나는 고개를 들었다. 모두가 이쪽을 보고 있었다.

"대낮에 시장 한복판에서 규칙을 어기다니! 무슨 꿍꿍이냐?"

야광 조끼를 입은 중년 남자가 내게로 성큼성큼 걸어왔다. 나는 벌떡 몸을 일으키다가 들고 있던 가방이며 휴지를 다 떨어뜨렸다. 가방을 주울 틈도 없이, 그 사람이 나를 몰아세웠다.

"저 물!"

내가 무슨 마약 공급책이라도 되는 양, 평범한 물병이 엄청난 증거품인 것처럼 남자가 삿대질을 했다.

"물이 왜요? 어떤 사람이 좀 갖다주라고 해서……."

그 남자가 눈을 희번덕거리며 그게 누구였는지 물었다.

"모르는 사람이었는데요……."

구경꾼들이 내 주위를 둘러쌌다. 그 사이에 박하가 발을 동동거리며 서 있는 게 보였다. 내가 정말 뭘 잘못했나? 시장에선 거지에게 먹을 것도 주면 안 되는 건가? 껍데기는 공짜로 먹인다며!

"비키시오!"

구경꾼 무리가 쫙 갈라지며 네댓 명 되는 사람이 걸어 들어왔다. 어두운 붉은빛의 정장을 입고 긴 머리를 틀어 올려 비녀를 꽂은 젊은 여자가 맨 앞이었다. 비녀 끝에 달린 진주 장식이 춤추듯 흔들렸다.

나를 다그치던 야광 조끼가 여자에게 머리를 숙였고, 옆구리에 긴 무기를 찬 경호원들이 병풍처럼 여자의 뒤에 섰다. 그들이 주위를 둘러보자 구경꾼들은 주춤주춤 물러났다.

여자는 서늘한 눈으로 나를 내려다보았다.

"시장의 아이로군."

여자는 허리춤에서 뭔가 뽑아냈다. 획, 바람을 가르는 소리가 나더니 얇은 칼끝이 내 눈앞에 들이밀어졌다.

턱이 저절로 덜덜 떨렸다. 뭐야, 진짜 칼이야? 장난이겠지?

아니, 이건 진짜다. 손과 다리에서 힘이 빠지고, 나는 털썩 바닥에 주저앉고 말았다.

"그토록 경고를 했는데도 우습게 보였더냐?"

여자는 검으로 내 왼쪽 귀 옆 머리카락을 들어올렸다.

"본보기를 보이겠다. 규칙을 어기면 어떻게 되는지."

여자는 손목을 가볍게 움직였다. 칼날이 내 머리카락 사이로 파고들고, 운명처럼 그 일이 일어났다.

사라락, 여자의 틀어 올린 머리카락이 풀어져 흩어졌다. 진주 비녀가 바닥에 툭 떨어지고, 놀라 커다래진 여자의 눈앞으로 잘린 머리카락이 우수수 떨어졌다. '반사'된 것이다.

"허억! 저게 무슨 일이야!"

구경꾼들 사이에서 경악스런 외침이 터져 나왔다.

"무슨 짓을 한 거냐!"

여자는 못 믿겠다는 듯 머리카락을 더듬다가 다시 내게 검을 겨눴다. 뒤에 선 병풍들 중 하나가 여자를 말렸다.

"조심하십시오, 유슬 님. 보이지 않는 힘을 쓰나 봅니다."

나는 정신없이 고개를 저었다. 이게 다 내 의지와는 상관없이 벌어진 일이라는 걸 전하고 싶었다.

"사무실에 데려다 놓아라. 다녀와서 조사하겠다."

여자가 명령했다. 병풍 둘이 성큼성큼 다가와 나를 잡아 일으키려 하자 여자가 제지했다. 여자가 칼끝으로 나를 가리켰다.

"너 스스로 따라와라."

나는 비틀거리며 자리에서 일어났다. 병풍들이 내 옆과 뒤를 에워쌌고, 나는 어디로 가는지도 모른 채 그들과 함께 걸었다.

죽은 왕과
호위 무사

좁은 창고 방이었다. 긴 빗자루와 밀대 사이에 쭈그리고 앉아 머리를 감쌌다. 아직도 몸이 떨렸다. 귀에 닿던 금속의 느낌이 여전히 생생했다.

미쳤어, 여기는 정말 미친 곳이야! 엄마고 뭐고 나가야 해!

왜 주문은 갑자기 그렇게 폭주한 거지? 나랑 서로 진짜 싫어하는 사람의 행동만 반사하는 것 아니었어?

나는 심호흡을 하려 애썼다. 여기가 아무리 미친 세상이라 해도 엄마가 걸었다는 반사의 주문은 그대로였다. 내 머리카락 대신 그 여자의 머리카락이 잘린 걸 보면 확실했다.

까치에게 물어보자! 아……. 나는 팔을 힘없이 늘어뜨렸다. 아까 거기에 가방을 떨어뜨린 채 두고 온 것이다.

"왜 그랬니, 진짜!"

문에 달린 공책만 한 쪽문이 스르르 열리고 둥근 얼굴이 나타났다. 나는 소스라쳤다가, 문 앞에 바짝 다가앉았다.

"유슬 님이 염원을 담아 칠 년 동안이나 길러 온 건데 그리 자르다니, 간덩이가 배 밖에 붙었니?"

둥근 얼굴이 혀를 찼다. 그 옆으로 뾰족한 얼굴이 비집고 들어와 말했다.

"머리카락이야 다시 기르면 되지. 문제는 그게 아냐. 왜 먹을 걸 줘 가지고."

둥근 얼굴이 뾰족한 얼굴을 밀어냈다.

"넌 본보기로 처단당할 거야. 지난주에 먹을 걸 주다 걸린 과일가게 점원은 시장 입구에 거꾸로 매달렸다고."

가까스로 가라앉혔던 두려움이 모래바람처럼 휘몰아쳤다. 이젠 비밀이고 뭐고 가릴 때가 아니었다.

"제가 시장에 아는 사람이 있거든요. 그 사람에게 도움을 청하고 싶은데요, 연락을 할 방법이 있을까요? 저기, 물품보관소에……."

"으악!"

둘이 동시에 빽 소리를 질렀다.

"너 진짜 큰일 낼 애구나! 유슬 님이 옳아, 이런 애는 입을 꿰매 놔야 해!"

……망했다.

"아니, 왜 보관소 얘기를 하면 안 되는 건데요?"

쪽문이 쾅 닫히고 우당탕 발소리가 멀어졌다. 나는 홧김에 문을 주먹으로 쳤다가, 손을 잡고 뒹굴었다. 너무 아파서 눈물이 찔끔 났다. 시장 사람들이 물품보관소를 싫어할 거라고 했지 저렇게 질색할 거라곤 안 했잖아!

이제 어쩌지? 그 여자가 날 어떻게 할까? 두렵고 막막해 입안이 바짝 말랐다. 그때였다.

끽, 하는 거슬리는 소음과 함께 먼지 쌓인 창문이 흔들렸다. 곧이어 창문이 열리고 손이 나타나 창문 안을 짚더니, 까만 것이 창문 위로 쑥 올라왔다.

"빨리! 이쪽으로 오십시오!"

검은 모자에 검은 마스크. 아까 그 사람이었다. 나는 손이 아픈 것도 잊었다.

"나한테 그, 물 갖다주라고 시킨 사람 맞죠? 뭔 일이 생겼는지는 알아요? 내가 지금 그쪽 때문에!"

"죄송합니다. 이럴 시간이 없습니다. 창을 통해 나가셔야 해요. 유슬은 당신을 미끼로 쓸 겁니다."

검정 마스크는 절박하게 애원했다.

나를 함정에 빠뜨린 사람을 믿어야 하나, 아니면 내게 좋은 감정이라곤 손톱만큼도 있을 리가 없고 여차하면 칼을 들이댈 사람을 기다려야 하나.

나는 선택을 해야 했고 정신을 차렸을 땐 창문턱에 앉아 있었다.

그리 멀지 않은 곳에 숭례문과 성벽이 보였다. 성벽? 원래 성벽이 있었던가? 처음 보는 형태의 건축물들과 노랗고 붉게 물들어 있는 무성한 숲……. 내가 아는 세상이 아니었다. 이 이상한 시장이 속한 '저쪽' 세상이었다.

"밑을 보지 마시고 이쪽으로, 파이프를 잡으십시오."

마스크를 쓴 사람이 재촉했다.

창문 밖으로는 사람 하나 설 만한 공간이 있었다. 나는 그 사람이 일러 주는 대로 녹슨 가스 배관에 의지해서 건물 벽을 따라 걸음을 옮겼다. 물기 섞인 서늘한 바람이 불어와 머리카락을 날렸다. 파이프를 놓치기라도 하면 끝장일 터였다.

마침내 도착한 창문 안은 텅 빈 복도였다. 복도 끝 문으로, 가게들 사이로, 계단 위로, 또 아래로……. 이끄는 대로 걷고, 멈추고, 몸을 숙여 사람들을 피했다.

얼마나 걸었을까, 그 사람은 비상문이라 표시된 철문 앞에서 멈춰 문에 귀를 대고 신경을 집중하더니 아주 느리게 문을 밀었다.

나도 모르게 눈을 꼭 감았다가 천천히 다시 떴다. 환한 조명 아래 수천 개는 될 듯한 그릇들이 진열대를 채우고 있었다. 사기 접시와 찻잔에다 나무 도마와 나무 그릇, 스테인리스 냄비와 국자 같은 주방 용품들은 잘못 건드렸다간 와장창 허물어질 것 같았다.

그릇장 뒤편을 따라가자 사무실인 듯한 좁은 공간이 나왔다. 철제 캐비닛과 책상, 미니 냉장고, 작은 소파가 있었고 구석 의자에 누가

앉아 있었다. 내가 도와주려 했던, 아마도 이 모든 일의 원인일 거지 소년이었다. 그 애는 나와 눈이 마주치자 눈을 동그랗게 떴다.

"저쪽은 보지 마십시오."

검은 마스크가 사정하듯 내게 말했다. 하지만 내 인내심은 끝났다.

"둘이 아는 사이면서 나한테 물을 줘라 마라 했네. 와, 사람 가지고 장난을 쳐? 네가 직접 줬음 됐잖아! 왜 사람을 곤란하게 만들어!"

검은 마스크는 대꾸도 못 하고 쩔쩔매기만 했다. 그때 쯧쯧, 그릇장 너머에서 혀 차는 소리가 났다.

"그렇게 억지를 쓰고 빼내 오더니, 이런 꼴을 보려고 한 건가?"

살짝 구겨진 하얀 셔츠에 회색 청바지를 입은, 아빠보다는 조금 젊을 것 같은 남자가 모습을 드러냈다. 머리는 조금 과하다 싶게 빗어 넘겼고 갸름한 뺨은 그릇처럼 매끈했다. 그 사람은 무슨 처리 못 할 쓰레기라도 보듯 찌푸린 눈으로 나를 훑어보았다.

검은 마스크가 한 발 앞으로 나섰다.

"윤 사장님, 이분은 저 때문에 위험에 빠졌습니다. 제가 구하지 않으면 유슬 님이……."

"그래서, 섣부른 연민 때문에 계획을 망칠 셈인가? 애초에 어째서 먹을 걸 전하라 한 건가? 최소한 내일까지라도 참을 수는 없었나? 오늘이 그토록 기다린 그믐인데. 토영, 자네답지 않은 행동이었어."

토영? 그게 검은 마스크의 이름인 모양이었다. 토영은 마스크를 내렸다. 마스크 아래로 드러난 얼굴은, 놀랍게도 어렸다. 기껏해야

고등학생 정도였다.

"벌써 이틀이나 아무것도 드시지 못했습니다. 제가 그믐장에 들어가기 전에 요깃거리를 드리려던 거였는데……."

토영은 침울하게 말하곤 내 쪽으로 몸을 돌렸다.

"휘말리게 해서 죄송합니다. 하지만 시장 밖에서 온 손님에게 그렇게 가혹하게 규칙을 적용한 적은 없었습니다. 그래서 부탁드린 거예요."

"맞아요, 저는 오늘 시장에 처음 왔어요. 그니까, 이런…… 시장이요. 제가 아는 남대문시장은 이런 데가 아니었어요. 껍데기 그런 것도 없고요."

말하다 보니 울컥했다. 내가 뭘 잘못한 건지라도 알려 주었으면 싶었다.

"아……하. 저쪽에서 온 건가. 유슬이 시장의 아이라고 판단했다더니, 유슬도 감이 죽었군."

윤 사장이란 남자의 표정이 살짝 달라졌다. 이쪽 아닌 저쪽 세상을 알고 있구나!

"맞아요. 제가 뭘 그렇게 잘못을 했는데요? 불쌍한 사람을 도와준게 칼을 들이밀 정도의 잘못이에요?"

"그런 말씀 마십시오!"

토영이 황급히 내 말을 막았다. 윤 사장은 애매한 미소를 띠었다.

"에취!"

거지 소년이 크게 재채기를 했다. 그런데, 윤 사장과 토영은 그쪽으론 눈길조차 주지 않았다. 이상했다. 토영과 윤 사장은 거지 소년이 안 보이고 안 들리는 것처럼 행동하고 있었다.

"그래, 세상 물정 모르는 꼬마. 여기는 네가 아는 세상이 아니야. 겉은 비슷해 보이지만 속은 완전히 다르지. 간단한 역사 강의가 필요하겠어."

윤 사장은 의자에 기대어 앉아 다리를 꼬았다. 하얀 운동화엔 얼룩 하나 없었다.

"어떤 왕에게 아들이 셋 있었지. 첫째 아들은 성군의 자질이 충분했어. 둘째는 망나니라 결국 추방당하고 말았어. 셋째 아들은……."

윤 사장은 큼, 하고 헛기침을 했다.

"나는 신경 쓰지 마시오, 어차피 없는 사람이니."

거지 소년이 말했다. 토영은 얼굴이 굳었고 윤 사장은 눈썹을 올렸다. 나는 질문했다.

"없다는 게 무슨 뜻이야? 넌 여기 있잖아."

"아, 제발!"

토영은 거지 소년을 가리고 섰다. 윤 사장은 뺨에 긴 주름이 지도록 크게 웃었다.

"정말 신선한 광경이로군. 자, 그만들 하고 내가 이야기를 계속할 수 있게 해 주겠나?"

뭐가 재밌는지 피식피식 웃으며 윤 사장이 말을 이었다.

"셋째 왕자는 어릴 때부터 몸이 약했고 형들과 나이 차도 많이 났기에 아무도 그에게 별다른 기대를 품지 않았지. 지식을 쌓지 않아도, 무예를 익히지 않아도 되었어. 궁 안에서 고이고이 귀여움 받는 막내로 살았지. 문제는 첫째 왕자가 전쟁에 나가 있을 때 터졌어. 병든 왕을 대신하여 출정한 첫째 왕자가 전사했다는 소식이 전해진 거야. 왕은 슬픔을 이기지 못해 죽고 말았어. 그럼 누가 그 뒤를 이어 왕이 되어야 할까?"

윤 사장은 손가락을 세 개 폈다가 하나씩 접으며 말했다.

"첫째 왕자는 죽었고 둘째 왕자는 쫓겨났지. 남은 것은 아무것도 모르는 어린 셋째 왕자뿐이었어. 결국 셋째 왕자는 즉위식을 치렀지. 전쟁과 내부 분열로 혼란스러운 나라의 무력한 왕이 된 거야."

"무력하다니요……."

토영이 끼어들었지만, 윤 사장은 그 말을 무시했다.

"얼마 지나지 않아 진짜 비극이 시작되었어. 죽은 줄 알았던 첫째 왕자가 돌아온 거야. 왕이 될 자격을 갖춘 진정한 후계자가. 모두는 첫째 왕자가 왕이 되길 바랐어. 자, 어떻게 해야 했을까?"

"셋째 왕자가 왕위에서 물러나고 첫째 왕자가 왕 하면 되잖아요."

"그렇게 간단하다면 좋았겠지. 셋째 왕자는 천지신명 앞에서 정식으로 즉위식을 치르고 왕이 되었어. 퇴위나 이양 같은 건 이 나라엔 없지. 왕위가 넘어오는 경우는 딱 하나, 선대의 왕이 죽었을 때뿐이야."

설마, 그래서 죽였을까? 이쪽 세상이라면 불가능한 일도 아닐 것이다. 내 얼굴에 들이밀어졌던 칼날이 떠오르자 오싹했다.

"첫째 왕자는 아끼는 막내 동생을 차마 죽일 수 없었어. 그렇다고 선왕을 살려 둔 채로 왕이 될 수도 없었지. 자신의 권위와 정당성을 흔드는 일이 될 테니까. 그래서 그는, 천지신명을 속이기로 했어. 왕이 죽은 것으로 치기로 한 거야. 성대한 장례까지 치르곤 죽은 선왕이 된 동생에게 일렀어. 멀리멀리 도망가라고. 죽은 자가 되라고."

여운에 잠겨 이야기를 곱씹고 있는데 윤 사장이 물었다. 엉뚱한 질문이었다.

"봐라, 이 자리에 모두 몇 사람이 있지?"

"네 명이요."

내 대답에 윤 사장은 알 듯 말 듯 한 미소를 지었다.

"아니, 셋이다. 죽은 자는 세는 것이 아니다."

쩽, 어디선가 그릇들이 부딪치는 소리가 들렸다.

거지 소년이 바로 죽은 왕, 선왕이었다. 토영은 선왕의 호위 무사로 선왕이 '죽었어도' 그를 떠나지 못하고 함께 시장까지 왔다. 선왕은 어쨌든 죽은 것이기 때문에 누구도 그를 아는 척해서는 안 된다. 시장 사람이라면, 이쪽 세상 사람이라면 당연히 아는 일이었다.

"그런데 너는 백주의 시장 한복판에서 죽은 자를 알아보았고, 말도 걸고 먹을 것을 주었지. 가뜩이나 예민해져 있는 감시자들 앞에서 말이다."

나는 최대한 머리를 굴려 논리를 짜냈다.

"못 본 척해야 하는 거라면서요, 그럼 다른 사람들도 보면 안 되는 거죠! 그러니까, 그 사람들은 내가 아무것도 없는 데다 말을 걸었다고, 그러니까 미친 사람처럼 허공에 대고 말했다고 생각해야 하는 거잖아요?"

"나름 말은 되는군."

윤 사장이 강아지 재롱에 감탄하듯 손뼉을 짝짝 쳤다.

"그러나 애야, 규칙은 그런 식으로 정당화되는 것이 아니란다. 아무 일도 없이 넘어간다면 모두가 그래도 된다고 판단하겠지. 그렇게 점점 흔들리고, 얇아지고, 결국 무너지는 거다."

"아무리 그렇다고 해도, 그렇게 막 칼을 들이대고……."

"감시가 심해진 건 저 때문입니다."

토영이 풀 죽어 말했다.

왜냐고 물으려던 참에, 뭔가 검은 것이 발 옆을 슥 스쳐 지나갔다.

"악! 쥐예요!"

나는 의자 위로 뛰어오르다가 발을 헛디뎠다. 고꾸라져 바닥에 머리를 박을 뻔했지만 토영이 팔을 잡아 준 덕에 부딪치지는 않았다. 다만 까맣고 커다란 쥐가 코앞으로 지나쳐 가는 걸 두 눈으로 똑똑히 보고 말았다.

쥐는 작은 가방이 달린 조끼를 입었지만 귀여운 것과는 거리가 멀었다. 덩치가 내 운동화만 했고 검은 털은 고슴도치처럼 뻣뻣한 데다가 꼬리는 징그럽게 길었다.

"보통 쥐가 아니라 전령이라네. 시장 곳곳에 있는 내 정보원들이 소식을 보내 주는 수단이지."

윤 사장은 땅콩 몇 알을 먹이로 던져 주고는 쥐의 조끼 가방에서 작게 접힌 종이를 꺼냈다. 윤 사장은 쪽지를 읽고 나를 봤다.

"네가 사라진 게 들통났나 보구나. 유슬은 꽤나 열을 받았고. 그러고 보니 이름도 물어보지 않았네. 이름이 뭐지?"

나는 빠르게 생각을 정리했다. 내 이름이 시장에 소문이 나면 엄마도 전해 듣지 않을까? 그럼 엄마가 날 도와줄지 모른다.

"모라예요. 김모라."

"유슬의 머리카락은 무슨 수단으로 잘랐지? 보이지 않는 도구를 쓴 건가? 남다른 기술이 있나?"

주문과 보관소에 대해서까지 말해도 될까? 이 사람을 믿을 수 있을까?

"네가 유슬의 머리카락을 자르는 난리를 피우지 않았다면, 그…… 분은 하루 더 길거리에 조용히 머물렀을 거고 우리가 임무를 마친 후에 모시러 갔을 텐데, 겁먹은 호위 무사가 냉큼 여기로 모셔온 데다가 너까지 데리고 왔지. 덕분에 일이 아주 복잡해졌어."

"유슬 님의 감시가 더 심해지면 저희가 여리꾼을 찾는다 해도 접촉이 어려웠을 겁니다. 아까처럼 감시가 약해진 때는 없었어요."

토영은 꿋꿋하게 말했다. 윤 사장은 피식거리며 내게 손가락질했다.

"그래, 이 골칫거리가 시선을 끌어 주긴 했지."

골칫거리라니, 내가 무슨 해결해야 할 문제라도 되는 것처럼!

"됐고요, 난 시장을 나갈 거예요."

윤 사장은 웃는 얼굴로, 유슬을 피해 곱게 나갈 수 있을 것 같으냐고 물었다. 나는 무력한 심정으로 바닥을 노려보았다.

"제가 도와 드리겠습니다. 그믐장만 다녀오고 나면 나갈 방도를 찾아 드릴게요."

토영이 내게 말했다. 허, 윤 사장이 헛웃음을 지었다.

"토영, 자네 코가 석 자야. 누가 누굴 돕겠다고?"

두 번째 쥐가 나타났다. 처음 쥐보다 크고 털도 더욱 뻣뻣했다. 윤 사장은 두 번째 쪽지를 읽었다.

"곧 유슬이 이쪽으로 들이닥칠 거야. 역시, 내가 뒤에 있다는 걸 알고 있나 보군. 이만 출발해야겠어."

토영이 서둘러 자리에서 일어났다. 선왕은 천천히 일어나 구겨진 옷자락을 폈다. 나도 덩달아 엉거주춤 몸을 일으켰다.

윤 사장은 선심 쓰듯 내게 말했다.

"너도 데리고 가 주마. 화주에게 선보일 패 정도는 될 것 같으니."

꽃시장은 바로 옆 동 건물에 있다고 했다. 그런데도 유슬의 눈을 피해야 한다며 윤 사장은 길을 빙빙 돌았다. 나는 주변을 관찰하며 파악하려 하다가 어느 순간 포기했다.

좁은 계단참에 잠시 멈췄을 때 토영이 내게 속삭였다.

"나갈 길을 마련해 드릴 테니 조금만 참아 주십시오. 일단은 꽃시장에 가야 합니다."

나보다 나이가 많아 보이는 애가 존댓말을 쓰는 게 불편했지만, 토영은 그게 편하다며 굳이 말을 높였다.

"근데 아까 감시가 심해진 게 너 때문이라고 했지? 그게 무슨 뜻이야?"

"제가 유슬 님의 제안을 거절했기 때문입니다. 유슬 님은 저를 호위로 삼고 싶어 하셨지만, 제게는 지켜야 할 분이 있으니 그 제안을 받아들일 수 없었습니다."

토영은 침울한 어조로 대답했다.

"그게 모든 문제의 시작이었지."

손목시계를 들여다보던 윤 사장이 툭 끼어들었다.

"유슬은 태평유통의 후계자로, 제 할아버지를 대신해서 상인회 회장 대리를 맡고 있어. 유슬이 태어났을 땐 시장의 모든 가게가 술과 쌀을 받았다지. 돌잔치에는 천 개나 되는 시루떡을 돌렸고 여덟 살이 되어 유슬의 부모가 사고로 죽었을 땐 시장 전체가 상복을 입었어. 어떻게 자랐을지 알 만하지? 거절에 익숙하지 않아. 그런데 단칼에 거절을 당했으니."

"저는 어디까지나 궁의 호위 무사입니다. 그 사실은 생사와 관계없이 영원합니다."

토영이 고지식하게 말했다. 윤 사장이 혀를 찼다.

"유슬은 자존심만 다친 게 아니야. 시장에는 유슬의 적이 많지. 뭐, 유슬이 그렇게끔 행동하기도 했고. 유슬은 자네를 호위로 삼으면 시장을 장악하는 데 도움이 되리라 판단했을 거야. 뜻대로 되지 않자 초조할 대로 초조해졌을 거고, 이젠 자네를 손에 넣어야만 자신을 증명할 수 있다고 생각하고 있겠지."

처음에는 시장 사람들도 죽은 왕을 가엾게 여겨 몰래 돌봐 주었다고 했다. 감히 죽은 자를 자기 가게에 들일 간 큰 상인은 없었지만 먹을 것과 마실 것, 비를 피할 상자와 몸을 덮을 담요도 주었다.

그러나 토영에게 거절당한 유슬은 철저히 시장 사람들을 단속하기 시작했고, 당연하게도 토영이 가장 먼저 걸려들었다. 토영은 가까스로 잡히지 않고 도망쳤지만 수배자가 되고 말았다.

토영은 직접 선왕을 돌볼 수 없으니 시장 손님들에게 먹을 것을 부탁하면서 선왕을 챙겨 왔다. 손님들에게까지 원칙을 엄격하게 적용할 수 없었던 유슬은 약이 오를 대로 오른 상태였다고 했다. 그런데 하필이면 그 타이밍에 내가 걸려든 것이다. 이런 복잡한 일에 얽히다니, 앞이 깜깜했다.

"저……쪽을 데리고 그냥 시장에서 나가면 안 되는 거예요?"

"나갈 수 있어야 나가지. 껍데기들이 왜 유독 시장에 많은지 아느냐? 시장은 가벼운 것들을 끌어들여. 가벼운 것들은 여기 붙들린 듯 나가지 못해."

저 거지 소년, 아니, 선왕은 죽은 자이고, 지상에서의 운명이 끝났기 때문에 너무 가볍고, 그래서 시장에서 나갈 수 없었다. 몇 번이나 시도해 보았지만 길목에서 막히고 말았다고 했다.

"시장의 길은 오가는 사람과 물건을 판별하고 가늠하지. 길을 속이는 것은 불가능해."

껍데기에 죽은 자며, 이 복잡한 규칙들이며, 혼란스러웠다.

"왜 이런 세상이 있는 거예요?"

내가 무심코 던진 말에 윤 사장은 피식 웃음을 터뜨렸다.

"왜냐고? 태양이 이유가 있어서 뜨더냐? 저쪽에서 보면 이쪽이 그림자이자 덤이겠지. 그러나 이쪽에서 보면 저쪽이 허상이고 나머지이다. 먼저 대답해 보거라. 네가 사는 세상은 왜 있는 거지?"

말문이 막혀 버린 날 외면하고 윤 사장은 손목시계를 확인했다.

"자, 시간이 되었다. 들어가 볼까?"

윤 사장은 계단을 올라가 닫힌 커다란 철문을 두드렸다. 처음엔 가볍게, 점차 세게. 나중엔 무슨 북을 두드리듯 문을 두들겨 댔다.

삐걱, 마침내 문이 열리고 달콤하고 습한 공기가 밀려나왔다.

꽃시장에서
그믐장으로

철문 안은 어두웠다. 천장으로부터 긴 전선을 내려 낮게 주황빛 조명을 달아 둔 탓에 아래쪽 공간만 밝았다. 조명이 밝히고 있는 것은 압도적인 양의 꽃이었다. 붉고 노랗고 희고 푸른, 이루 말할 수 없는 색깔들의 꽃 더미는 내 키보다 높았고 시멘트 바닥은 젖어 축축했다.

"아직 문을 열 때가 안 됐는데. 무슨 소란이지? 그것도 그믐에!"

꽁꽁 뭉쳐 놓은 것처럼 단단해 보이는 중년 여자가 꽃 더미 사이에서 나타났다. 곱슬머리를 솔방울처럼 위로 올려 묶었고 광대뼈가 튀어나온 얼굴은 붉었다.

토영이 물이 고인 바닥에 무릎을 꿇었다. 내게 물이 튈 정도로 격렬한 동작이었다.

"화주 어르신, 도와주십시오!"

이 사람이 꽃시장의 모든 가게들을 거느리고 있다는 사람, 화주였다. 화주는 과장되게 이마를 짚었다.

"얘, 일어나렴. 윤 사장, 또 뭔 계략을 꾸미는 게야?"

"도움이 필요한 아이들일 뿐입니다. 누군가는 도와야 하죠. 화주 어르신같이 힘이 있는 분들이요."

윤 사장은 더없이 사근사근한 태도로 말했다.

"그믐장에 보낼 꽃이 있으시지요? 이 젊은이가 짐꾼이 되어 드릴 겁니다. 꽃시장의 가면 하나만 빌려주시면 제가 데리고 다녀오겠습니다."

"아, 그 얘기인가. 글쎄, 자네와 자네의 수상한 동행을 믿고 내 꽃을 내어 줄 순 없지."

화주는 심드렁하게 대꾸하고는 몸을 돌려 해바라기 가지에서 시든 잎을 떼어 냈다.

윤 사장의 미소가 딱딱하게 굳었다.

"……꽃을 주시겠다고 하셨지요, 지난번 상인회 회의에서 뵈었을 때는 분명……."

"내가 그랬던가?"

화주가 어깨를 으쓱 올리자 윤 사장은 하하 소리 내어 웃었다. 손톱으로 긁어내리는 듯한 웃음이었다.

"제가 어리석은 실수를 했군요. 기억도 못 하시는 사소한 말씀을 믿다니요. 알겠습니다. 저도 돌아가 일이나 해야겠지요. 문경에서 올라온 화병에 관심 가진 분들이 있어서요. 화주님께 넘기겠다고 말씀 드렸지만, 그것도 뭐 티끌같이 가벼운 잡담 아니겠습니까?"

화주는 한쪽 눈썹을 치켜떴고, 토영은 바닥에 엎드려 호소했다.

"그믐장에 꼭 가야 합니다. 도와주십시오."

"그랬구나, 그믐장에 가고 싶은 게로구나. 그런데 왜 윤 사장한테 붙었니? 작년에 아주 어이없는 짓을 벌였더랬지. 감히 그믐장을 뒤집어 보려 판을 짰다 걸렸어! 상인회 회장이 되겠단 포부도 휴지 조각이 됐더랬지? 평범한 가면을 썼다간 발도 못 디디고 쫓겨날 테니 꽃시장 가면이 필요한 게야. 꽃시장을 발판 삼아 들어가 볼 셈인가 본데 그런 부정한 일에 우리 가면과 꽃을 쓰도록 허락할 리가 있겠니? 가뜩이나 허기 때문에 심란한데."

화주는 윤 사장을 향해 끈끈한 웃음을 지어 보였다. 윤 사장은 마주 웃어 보이며 내 팔을 잡아당겼다. 나는 엉겁결에 한 걸음 앞으로 나섰다.

"여기, 제 동행을 소개해 드리는 걸 깜박했군요. 유슬이 그 잘난 머리카락을 잘린 소식은 들으셨겠죠. 이 아이가 그렇게 했답니다."

윤 사장은 내가 어떻게 그 얄미운 유슬에 맞서 싸웠으며 유슬의 머리카락을 시든 풀처럼 단번에 베어 버렸는지, 그래서 유슬이 얼마나 격분하였고 나를 잡아 족치기를 원하는지를 읊었다. 실제 일어난 일과는 딴판이었지만 결과로 보면 틀린 말은 아니었다.

화주는 꽃의 품질을 평가하듯이 날 천천히 훑어보았다. 반쯤 눈꺼

풀에 덮인 눈동자는 냉정하고 강렬했다. 저절로 몸이 움츠러들었다.

"난 그 애가 싫어. 건방지기 짝이 없지. 알량한 규칙을 들이대며 내 꽃을 다 시들게 했어. 짐꾼들은 어쩔 수 없었다고 말하더군. 길목을 막았으니 어쩔 도리가 없었다고 말이야."

화주는 꽃 한 송이를 뽑아 들더니 겉잎을 몇 장 떼다가 아예 뚝 끊어 버렸다. 처음보다야 훨씬 누그러진 말투였다.

"저희가 같은 편이라는 걸 확실히 아시겠지요. 가면을 빌려주십시오, 꽃을 운반해 드리겠습니다."

윤 사장은 입안의 혀처럼 화주의 비위를 맞췄다. 화주는 혀를 쯧쯧 차더니 내게 손가락을 까딱하곤 몸을 돌렸다.

나는 머뭇머뭇 화주 뒤를 따랐다. 윤 사장과 토영, 선왕도 내 뒤를 따라 걸었다. 화주는 꽃들이 쌓인 좁은 길을 걷다가 어느 커다란 꽃 앞에 멈췄다.

자줏빛 비단 같은 겹잎들이 풍성하게 넘실거리는 꽃 위에서 화주가 주먹 쥔 손을 폈다. 반들반들한 손바닥 안에 꿈틀거리는 벌레가 한 마리 있었다. 화주는 벌레를 꽃 위에 떨어뜨렸고, 꽃은 와그작, 소리와 함께 벌레를 씹었다.

내가 토하거나 기절하지 않은 건 기적이었다. 누군가의 발을 꽉 밟고 있다는 것도 몰랐다. 선왕이 발이 아프구나, 하고 소곤댈 때까지.

"다시 말해 보거라, 네가 유슬의 머리카락을 잘랐다고? 아니, 저절로 잘렸다고?"

화주가 내게 물었다. 나는 충격에서 못 벗어난 채 입속으로 그렇다고 웅얼거렸다. 화주는 옆에 쌓인 꽃들을 가리켰다.

"골라 보거라."

해바라기, 장미, 안개꽃 등 누구나 다 아는 꽃들과 본 적은 있으나 이름은 모르는 꽃들, 그리고 처음 보는 꽃들 사이에서 나는 익숙한 보랏빛 꽃을 골랐다. 너무 작아서 따로 물컵에 담긴 꽃이었다.

"흠. 제비꽃이라."

화주가 탐탁지 않다는 듯 말하곤 꽃을 집어 내게 건넸다. 내가 꽃을 받자, 화주는 붉은 기가 도는 금속 물뿌리개를 들어 내 머리 위에 물을 뿌렸다.

"앗!"

나는 제비꽃을 든 손으로 머리를 가렸다. 그러나 물방울은 내 머리카락을 적시는 대신 미끄러지듯 흩어져 꽃 위로 쏟아졌다. 슬로우 모션처럼 물방울 하나하나가 조명에 반짝였다. 뒤에서 윤 사장이 흡, 숨을 들이마시는 소리가 들렸다.

이번에도, 반사했다. 물이 화주의 머리가 아니라 꽃에게 쏟아진 게 이상했다.

"반사의 주문이로구나."

화주가 내 귓가에 대고 작게 말했다. 나는 화들짝 놀랐다. 화주는 잇몸이 보이도록 활짝 웃었다.

"그래, 꽃을 주지. 너에게 맡기겠다. 단, 윤 사장에게 빌려줄 가면은 없어."

"저요? 저한테요?

나는 한 발 물러섰다. 좋은 소식인지 안 좋은 소식인지 분간이 안되었다.

윤 사장은 날 멍하니 보다 퍼뜩 정신을 차렸다.

"감사합니다만 화주님, 이 아이는 외부인입니다. 그믐장에는 시장 사람이 동행해야 하니까, 제가 꼭……."

윤 사장의 말을 끊으며 화주가 웃음을 터뜨렸다.

"자네는 그렇게 약은 척을 하더니 결정적일 때 눈이 멀어 버리는군. 이 아이는 시장의 아이야. 그믐장에 들어갈 수 있지!"

"하지만 분명히 밖에서……."

윤 사장은 말하다 말고 이를 악물었다. 흰 얼굴이 얼룩덜룩하게 붉어졌다.

토영은 이번엔 내 앞에 무릎을 꿇더니 같이 그믐장에 가 달라고 사정했다. 당황스러웠다. 윤 사장의 화가 끓는 눈과 묘하게 웃고 있는 화주의 눈, 간절한 토영의 눈까지, 지독하게 부담스러웠다. 그믐장이 뭔데, 나한테 왜 이러는데! 나는 토영 앞에 쭈그리고 앉아 이를 악물고 속삭였다.

"난 그냥 빨리 시장을 나가고 싶다고, 더 엮이기 싫어!"

"저도 마찬가지입니다. 꼭 무사히 시장을 나가게 해 드리겠습니다.

그믐장에 가는 것도 그래서입니다."

토영은 간절하게 말했다.

"진짜, 진짜지?"

여기서 내가 믿을 수 있는 건 토영뿐이었다. 구명조끼도 없이 바다에 뛰어드는 심정으로, 나는 말했다.

"꽃을…… 가지고 갈게요."

화주가 꽃을 준비할 동안 나는 윤 사장의 질문 공세에 시달려야 했다.

"네가 시장의 아이라고? 넌 밖에서 왔잖아, 저 밖에서!"

"그게 좀 복잡해요. 사실은 저도 잘 몰라서요. 엄마가 시장 사람이긴 한데."

"엄마가? 진작 말을 했어야지! 유슬의 머리카락을 자른 것과도 관계가 있는 거냐? 아까 그 물뿌리개 물을 튕겨 낸 것도?"

"아마도……요?"

"넌 아는 게 뭐냐! 그믐장에선 어떻게 하려고!"

윤 사장은 침착함을 잃고 꽃들 사이를 왔다갔다 걸었다.

"여리꾼을 찾으면 곧장 내게 연락해라. 꼭 그래야 한다! 그 여리꾼이 진짜인지 가짜인지 너희가 어떻게 알겠느냐고."

"늦겠다!"

화주가 어느새 곁에 와 있었다. 윤 사장은 아무렇지도 않은 척 머리카락을 손으로 빗어 넘겼다. 화주는 커다랗고 긴 종이 상자와 밋밋

한 휜 가면 두 개를 나와 토영에게 건넸다. 상자는 꽤 무거웠다.

"……부탁드려도 되겠습니까?"

토영은 선왕 쪽으로 살짝 손을 뻗었다. 물론 보지는 않고서. 화주는 과장되게 고개를 흔들었다.

"곤란하구나, 곤란해. 이곳에 죽은 자를 위한 자리는 없단다. 단, 하룻밤 정도는 눈감아 주지. 화분처럼, 모종처럼 가만히 있어야 할 거다."

"무사히 돌아오너라."

선왕이 작게 말한 건 나만 들었다. 사실 다들 들었겠지만 아무도 들었다는 티를 내지 않았다. 죽은 자의 목소리였으니까.

꽃시장 한쪽 벽에 화물용 엘리베이터가 있었다. 엘리베이터 안은 낡은 인형의 집처럼 꾸며져 있었다. 앉으면 푹 꺼지는 꽃무늬 소파에 샹들리에 조명, 황금빛 사슬 무늬 벽지. 어디 박물관에서나 본 것 같은 난로도 있고 그 위에서 주전자가 김을 내며 끓었다. 소방법을 완벽히 위반한 엘리베이터였다. 이 세계에도 소방법 같은 게 있다면 말이다.

"편히 있어요."

어딘가 고양이를 닮은 남자가 말했다. 눈꼬리가 위로 치켜 올라가고, 양쪽 뺨에 희미한 흉터가 가로로 길게 뻗은 게 꼭 수염 모양이었다. 머리카락마저 고양이 귀처럼 양쪽으로 치솟았다.

나는 도저히 편히 있을 수가 없었다. 점점 더 시장 안쪽으로 깊게 들어가고 있는 것 같아 불안했다.

토영은 한숨 돌린 듯, 왜 그믐장에 가려는지 알려 주었다. 시장의 가게까지 인도해 주는 길잡이인 여리꾼을 찾으려 한다는 것이었다. 보통 여리꾼은 윗시장에서도 찾을 수 있지만 토영이 찾는 건 특별한 가게로 데려다줄 수 있는 여리꾼이었다. 그 가게에 가야 선왕이 시장에서 나갈 수 있게 된다고, 토영은 목소리를 낮춰 덧붙였다.

"그믐장에선 가면으로 자신의 모습을 가립니다. 익명성을 보장하는 게 규칙이기에 유슬 님도 그믐장에서는 저희를 잡을 수 없을 것입니다."

쫓길 걱정은 안 해도 되겠구나. 마음을 놓자마자 배에서 꼬르륵 소리가 났다.

"요깃거리를 드릴까요?"

고양이를 닮은 남자가 우리에게 묻더니 찬장에서 작은 바구니를 꺼내 왔다. 바구니 안에는 노란 가루가 솔솔 뿌려진 인절미가 가지런히 들어 있었는데, 어찌나 쫄깃하고 살살 녹는지 순식간에 한 줄을 다 먹어 치웠다.

고양이 남자는 뜨겁고 고소한 차를 주전자에서 따라 주며 말했다.

"그믐장에서 좋은 물건을 구하시고 또 버리시길 바라겠습니다."

"버린다고요?"

"그믐장에서는 모든 게 뒤틀려요. 양말 한 짝을 사기 위해 금목걸

이를 내어 놓고, 빗자루 하나로 쌀 한 가마를 살 수도 있지요. 어렵게 구한 물건을 버리기도 하고 때로는 엄청난 양의 상품을 불태우기도 한답니다. 그렇게 시장의 허기를 달래지요."

아까 꽃시장 화주도 허기 얘기를 했었는데. 배가 부르고 몸이 따뜻해지니 졸렸다. '허기'라고 이름표를 단 거인이 시장의 물건들을 한 손에 쥐어 입에 털어 넣는 모습이 비몽사몽간에 스쳐 갔다.

"얼마나 더 내려가야 합니까?"

토영이 초조한 듯 물었다. 그러고 보니 벌써 꽤나 오래 이 엘리베이터에 있었다. 지하가 그리 깊을 리가…… 있겠지. 여기는 시장이니까.

"저와 가위바위보를 해 보실래요? 저는 언제나 바위만 낸답니다."

고양이를 닮은 남자가 갑작스레 제안했다. 나는 억지로 눈을 떴다.

"그럼 이기는 게 너무 쉽잖아요?"

"이기는 게 좋을지 지는 게 좋을지를 판단하는 것이 이 가위바위보의 핵심이죠. 그걸 파악하는 능력이 필요해질 겁니다. 그믐장에서는요."

의미심장한 말이 끝나자마자 땡 소리와 함께 엘리베이터가 가볍게 흔들렸다. 도착이었다.

엘리베이터 앞은 텅 빈 지하 주차장이었다. 침침한 조명이 몇 개 켜져 있고 주차선은 그어져 있는데 차는 없었다. 벽과 기둥에 붙은 안내판은 녹슬어 알아볼 수 없었다.

토영과 나는 희미한 빛이 어른거리는 쪽으로 방향을 잡았다. 토영이 꽃 상자의 앞쪽을 들고 내가 뒤쪽을 들었다.

지하는 습했다. 지하실이라면 응당 풍기는 그런 습한 냄새와는 달랐다. 보다 차갑고 진한, 진짜 동굴에서나 날 법한 냄새였다.

"아야, 왜……."

갑자기 토영이 멈춰 서는 바람에 상자를 떨어뜨릴 뻔했다. 투덜대며 고개를 들었다가 나는 진짜로 상자를 놓치고 말았다.

이 지하층은 얼마나 넓고 높은 것일까. 광활한 어둠 한가운데, 정글짐을 엄청 크게 확대해 놓은 것 같은 정육면체의 철제 파이프 구조물이 빛을 발하고 있었다. 적어도 5층은 될 것 같았고, 군데군데 외벽이 없는 부분이 있어서 사람들이 오르락내리락 다니는 게 보였다. 그 규모와 북적임에 비해 지나치게 조용한 것이 이상했다.

"그믐장이 열리는 곳입니다. 물 위의 건물이라 들었습니다."

우리 앞쪽에서 구조물까지 길이 나 있고 길 양쪽은 토영의 말대로 검은 물이었다. 길과 물 사이에는 아무 표시가 없어서 자칫하다가는 물로 걸어 들어갈 판이었다.

구조물 위쪽에서 뭔가 밖으로 떨어졌다. 첨벙! 검은 물이 큰 소리를 내며 물보라를 일으켰다. 물이 얼마나 깊기에?

길을 건너 입구에 다다르자 볼륨을 키운 것처럼 그믐장의 시끌벅적한 소리가 들리기 시작했다. 나는 주머니에 넣었던 하얀 가면을 꺼내 썼다.

그믐장 안은 가면을 쓴 장사꾼들과 손님들로 발 디딜 틈 없이 붐볐다. 만화 캐릭터 가면, 민속 탈, 가면무도회에서나 쓸 법한 깃털 달린 가면, 아니면 머리 전체를 덮는 복면……. 가면을 쓰지 않은 이들이 가끔 눈에 띄었는데, 바로 껍데기들이었다.

"역시 그믐장이로군요. 보세요, 저렇게 귀한 것을 저리 싼 가격에……. 한낱 잡동사니가 훨씬 더 비싸고요."

토영이 어느 가판을 가리키며 말했다. 엄청 고급스러워 보이는 공예품들은 바닥에 널브러져 있고 신다 버린 것 같은 신발과 구멍 난 옷들은 유리장 안에 고이 걸려 있었다. 앞에 붙은 가격도 천지 차이였다.

빼곡히 들어찬 가판들 사이를 헤맨 끝에, 토영과 나는 꽃 가판대를 찾아냈다.

"왜 이렇게 늦었니! 장이 시작한 지 벌써 한참인데!"

노랑 까망 줄무늬 가면을 쓴 여자가 신경질을 내며 꽃 상자를 받아 열었다. 펄럭이는 초록빛의 뭔가가 상자 안에서 기지개 펴듯 튀어나왔다. 저것도 꽃이겠지, 분명. 나는 눈을 돌리는 쪽을 택했다.

"여리꾼을 찾아보겠습니다."

토영은 금방 여리꾼을 찾을 수 있으리라 생각한 것 같았지만 현실은 달랐다. 어디 여리꾼이라고 쓰인 간판도 없었고, 지나가는 사람들에게 물어봐도 돌아오는 답은 이따위였다.

"여리꾼이요? 알려 주면 뭘 줄 겁니까? 집 한 채?"

"돼지고기를 좀 사서 땅에 묻고 싹이 날 때까지 기다려라. 싹이 나는 방향으로 가면 만날 거다."

헛되이 시간이 흘렀다. 토영의 초조함이 극에 달했을 때, 엉뚱한 곳에서 도움의 손길이 나타났다.

"얘! 너 맞지, 그, 모라!"

말린 생선과 오징어가 쌓여 있는 건어물 가판대 뒤에서 토끼 가면이 외쳤다. 가면을 살짝 들어 얼굴을 보여 준 그 사람은 시장에서 처음 만났던 아이, 박하였다.

박하는 초롱초롱 빛나는 눈으로 질문을 퍼부었다.

"여긴 어떻게 왔어? 유슬이 널 놓아준 거야? 그런 짓을 했는데도? 머리카락은 어떻게 잘랐어? 마술이야?"

"그게……. 어쩌다 보니 그렇게 됐어."

"어쩌다가 어딨어? 아! 네 가방은 내가 챙겨 놨어. 집에 있거든. 이따 와서 받아 가."

와! 시장에 들어와서 들은 것 중 가장 좋은 소식이었다.

"박하야, 거기 손님 오셨잖아!"

굵은 목소리가 대화에 끼어들었다. 덩치가 크고 곱슬머리를 위로 묶은, 곰 가면을 쓴 남자였다.

"알았어요, 삼촌! 너희는 잠깐 이 안에 들어와 있어."

박하는 나와 토영을 가판대 안쪽에 들이고는 하회탈을 쓴 손님을 맞았다.

"영 물이 좋지 않네."

"말린 거니 물기가 있으면 안 되죠."

손님과 박하는 말을 주고받으며 홍정을 시작했다. 손님은 천 원짜리 황태 한 묶음과 오만 원짜리 도시락 김 한 봉지를 골랐다. 이렇게 보니 그믐장의 시스템도 별나기만 한 건 아니었다. 비싼 건 싸게 팔고 싼 건 비싸게 팔고. 결국 쌤쌤 아닌가.

정작 이상한 건 그다음이었다. 손님은 물건을 받자마자 그걸 벽에 뚫린 구멍으로 휙 집어 던졌고 박하는 오만 원짜리를 가판대 앞에서 구걸하던 걸인의 바구니에 내려놓았다. 아무도 이득을 보지 못한 셈이었다.

거래를 끝내고 우리 쪽으로 돌아온 박하에게 토영이 물었다.

"여리꾼을 찾으러 왔습니다. 어디서 찾을 수 있는지 아시는지요?"

박하는 미심쩍은 듯 팔짱을 끼고서, 여리꾼은 왜 찾으려 하는지 되물었다. 토영은 여리꾼에게만 목적지를 알릴 것이라 대답했다. 자세히 설명하고 도움을 청해야 하는 게 아닌가 싶었는데 의외로 박하는 순순히 방법을 알려 주었다.

"흠, 안쪽으로 들어가면 깃발들이 꽂힌 장독대가 있을 거야. 그중에서 주황 바탕에 흰 줄이 그어진 깃발을 찾아 들고 기다려. 그럼 여리꾼이 네게 올 거야. 운이 없으면 아무도 안 오겠지만."

드디어 쓸 만한 정보를 얻은 토영은 기쁘게 가판대를 떠났다.

"모라, 쟤는 그, 수배당한 호위 무사잖아. 둘이서 그믐장엔 무슨 일이야? 유슬을 피해 도망 온 거야?"

박하가 득달같이 물었다. 나는 토영이 유슬에게서 날 빼내 준 것과 그릇상가와 꽃시장을 거쳐 그믐장에 내려오게 된 사연까지, 엄마와 보관소에 대한 것만 빼고 다 털어놓았다.

"수배자에 그릇상가 윤 사장님과 꽃시장 화주님까지. 너 꽤나 까다로운 사람들과 엮였구나. 시장에 온 지 하루도 안 되어서!"

박하가 고개를 절레절레 저었다. 고작 하루였다니. 아빠와 헤어진 게 까마득했다.

"나도 내가 이러고 있다는 게 믿겨지지가 않아……."

박하가 건네준 쥐포 한 장을 가면 밑으로 씹으며 토영이 돌아오길 기다리는데, 시끌시끌한 무리가 건어물 가판대 앞으로 우르르 몰려왔다. 알록달록한 옷을 입고 화려한 장신구를 온몸에 걸친 이들은 크고 작은 상자들을 끌고 와 자리를 펼치기 시작했다.

"하필이면 약장수가 여기다 판을 까냐. 박하야, 이거 뒤로 좀 밀어야겠다."

박하와 박하의 삼촌은 가판대를 뒤로 끌었다. 나도 늘어놓은 물건들을 챙겨 자리를 좁히는 걸 도왔다. 옆 가판대도 조금씩 자리를 물렸는데, 약장수 무리는 뻔뻔하게도 그렇게 마련된 공간을 몽땅 차지해 버렸다.

"서둘러! 손님들이 기다리시잖아!"

술과 방울이 달린 보랏빛 가면을 쓴 약장수가 지팡이로 광대들을 찰싹찰싹 때렸다. 광대들은 아프다고 엄살을 부리며 카펫을 깔고 약상자와 약병을 늘어놓았다. 구석에 둔 커다란 상자는 검은 천으로 덮여 있었는데 가끔 흔들거렸다. 살아 있는 약 재료가 들어 있나? 절대 알고 싶지 않았다.

사람들이 몰려 약을 구경하기 시작했다. 그중에 연노랑 가면을 쓴 아이가 눈에 들어왔다. 아이는 약을 팔아 달라고 약장수에게 사정하고 있었다.

"돈이 모자라요. 조금만 깎아 주세요, 제발요……."

이런, 아이가 깎아 달라는 말을 할 때마다 약장수는 값을 점점 올렸고, 아이는 결국 옆으로 밀려났다.

저러면 안 될 텐데. 나는 약장수들의 눈치를 보며 가판대 위로 몸을 내밀었다.

"저기, 저기? 그래, 너. 그믐장에서는 깎아 달라고 하면 안 돼."

"네?"

아이가 가면 뒤에서 눈을 동그랗게 떴다.

"뭐든 반대로 해야 해. 여기는 그런 곳이라잖아."

"맞아요, 듣고 왔는데도 막상 오니까 그렇게 안 되어서……. 아버지께 약을 사 드려야 하는데 삼만 원밖에 없어요."

아이는 울먹였다.

끼어들까 말까 망설이는데, 갑자기 이시연 생각이 났다. 가방 지퍼가 반쯤 열린 채로 내 앞으로 걸어가던 이시연. 알려 줘야 하는지 망설였다. 말해 주면 이시연은 고맙다고 할 거고, 그럼 친해질 거고, 그럼……. 고민하던 사이에 다른 애가 이시연에게 가방에 대해 알려 주었고, 고맙다며 지퍼를 닫던 이시연은 날 보고 얼굴을 일그러뜨렸다.

'김모라, 넌 보고도 모르는 척한 거야?'

이시연과 나 사이에 쌓인 수많은 오해 중 하나였다. 그러고 보니 그게 다 주문 때문이었다. 주문 때문인 줄도 모르고, 그토록 참고, 누르고, 속만 끓이며 살았던 거다.

이젠 그런 식으로 고민하기 싫었다. 나는 마음을 정했다.

"어떤 약? 빨간 통? 알겠어. 그 돈 나 좀 줘 봐."

나는 삼만 원을 주머니에 넣고 약장수 쪽으로 갔다.

"이거 얼마예요?"

빨간 통을 가리키며 묻자 약장수는 귀찮은 기색을 감추지도 않고 백만 원이라 대답했다.

"너무 싸네요. 오백만 원 하시죠!"

내가 말을 던지자 약장수가 머리를 긁적였다.

"아니, 그렇게는 안 되고……. 팔십만 주쇼."

나는 속으로 환호했다. 예상한 대로였다.

"그럼 천!"

"거참, 오십만 주던가."

나는 계속 값을 올렸고, 약장수는 값을 내렸다. 마침내 아이가 말했던 가격인 삼만 원으로 약값을 깎고 나서야 나는 약을 샀다. 조금 더 해 볼까 싶기도 했지만 약장수와 광대들의 살기 어린 시선이 심상치가 않아 그쯤에서 멈췄다.

"고맙습니다, 고맙습니다!"

아이는 약을 받아들고 날아갈 듯 가벼운 발걸음으로 달려갔다.

엄청 심장이 뛰었다. 내가 해냈다. 누군가를 도왔다. 그것도 이 시장에서! 참고 모르는 척할 때와는 비교할 수 없이 속이 시원했다.

박하는 손뼉을 치는 시늉을 하더니 웃음을 터뜨렸다.

"너 진짜 신기한 애구나!"

괜히 멋쩍어져 박하네 가판대 안으로 몸을 숨겼다. 약장수가 신경이 쓰였는데, 약장수네는 곧 다른 일로 시끌벅적해졌다.

"자, 힘겨루기가 시작됩니다! 광대들 총출동! 한 번만 이기셔도 최고급 약 세트가 따악!"

"얼쑤! 어서들 모이시오!"

약장수와 광대들이 확성기로 소리를 질러 대며 사람들을 불러 모았다. 다행히도 힘겨루기인지 뭔지가 본격적으로 시작하기 전에 토영이 돌아왔다. 토영은 상기된 목소리로 결과를 알렸다.

"딱 한 분이 제 의뢰를 받아 주셨습니다! 내일 오후에 본동상가 쪽에서 만나기로 했고요. 이제 꽃시장으로 돌아가야겠습니다."

토영을 따라 가서 여리꾼을 만나야 할지, 박하를 기다렸다가 가방부터 받아야 할지 갈팡질팡하고 있는데, 갑작스레 내 손에 뭔가 들어왔다. 검은 지팡이 자루였다. 약장수가 내 옆에 서 있었다.

"아이고, 참가하시게요? 용감하시군요!"

약장수가 호들갑을 떨며 지팡이를 위로 들자 내 손도 함께 치켜 올라갔다.

"모두 박수로 맞아 주십시오! 첫 번째 도전자입니다!"

사람들의 환호 속에서 약장수가 내게 비아냥거렸다.

"값을 제법 잘 깎으시던데, 어디 힘겨루기도 잘하나 볼까?"

"이게 뭐예요, 나 안 해요!"

말하고 나서 아차 싶었다. 안 한다는 말은 거꾸로 하겠다는 말로 받아들여질 것이다. 뒤늦게 하겠다고 외쳤지만 광대들의 고함과 사람들의 박수 소리에 묻혀 버렸다.

"광대가 이겨야 끝나니까, 빨리 끝내려면 지면 돼."

박하가 내게 귀띔했다. 지면 된다니, 그런 거면 자신 있다.

……자신 있었다. 그 '주문'이 이토록 노골적으로 발휘되지만 않았더라면.

간단한 손바닥 밀치기였는데, 분명 나는 힘 다 빼고 넘어질 준비를 하고 있었는데 내 손이 닿자마자 광대가 뒤로 휙 넘어갔다. 나는 두 번째 광대마저도 쉽사리 이겨 버렸다.

"모라! 지라니까! 네가 넘어져야지!"

박하가 외쳤다. 나도 지고 싶다고! 지려 해도 그럴 수 없는 이 상황이 황당하다 못해 무섭기 시작했다.

구경하는 사람들은 손뼉을 치며 좋아했다. 몇몇은 제대로 하라며 핀잔을 주기도 했다. 광대들이 일부러 져 주는 줄 안 모양이었다.

세 번째 광대는 동여맨 허리띠 위로 뱃살이 흘러넘치는 땅딸막한 사람이었다. 그는 온몸을 출렁거리며 나에게 손가락질을 했다.

"아무리 힘이 장사여도 나는 못 이길걸! 그럼 들어간다! 어이쿠, 못 당하겠네!"

광대는 속임수를 썼다. 뒤로 밀려나는 척하다가 손에 든 줄로 내 발목을 건 것이었다. 비열하고도 확실한 수법이었다. 상대가 나만 아니었다면 아주 효과적이었을 것이다.

광대는 누가 발목을 잡아채기라도 한 것처럼 벌러덩 넘어졌다. 쾅, 놀이판이 흔들리도록. 구경꾼들은 조용해졌다가 미친 듯이 함성을 질렀다. 귀가 멍해졌다.

"어…… 이렇게 되면, 마지막 상대로 넘어가야 하겠지요?"

약장수는 어쩔 줄 몰라 하며 상자로 향했다. 사람들의 내지르는, 환호인지 비명인지 알 수 없는 소리는 약장수가 큰 상자를 덮은 검은 천을 걷어 냈을 때 절정에 다다랐다.

"저게 뭐야?"

나는 얼이 빠져 중얼거렸다.

우리 안에는 고릴라 같은 형체가 웅크리고 앉아 있었다. 위아래 옷은 나달나달하게 닳았고, 두꺼운 팔다리를 채 감싸지 못해 여기저기 뜯어져 있었다.

약장수가 막대기로 우리를 후려치자 괴물이 깨어나 하품을 했다. 넓게 벌어진 붉은 입안으로 두 겹의 날카로운 이빨이 드러났다. 약장수는 우리를 쳐 댔다.

"요놈, 하도 오랫동안 쉬었더니 아주 게으름뱅이가 되어 버렸네. 일어나라, 이 밥만 축내는 놈! 일할 때다!"

그만 좀 쳐요! 나는 속으로 비명을 질렀다. 잠에서 깨어난 괴물은 우리 창살을 잡고 으르렁댔다. 벌건 입에서 침이 뚝뚝 떨어졌다. 저런 것에도 주문이 통할까? 안 통하면 어쩌지?

"제가 대신 하겠습니다."

토영은 나를 붙잡아 뒤로 물러서게 했다. 손에는 단검을 들고 있었다.

"저런 거, 본 적 있어? 싸워 봤어?"

"비슷한 훈련은 받아 봤습니다."

그래, 호위 무사랬잖아, 나보단 잘 해낼 것이다. 나는 자리를 토영에게 넘기고 후들거리는 다리를 겨우 움직여 카펫에서 벗어났다. 박하가 얼른 내게 다가왔다.

"자물쇠를 풀 건가 봐! 약장수네 괴물이 우리 밖에 나오는 건 처음 봤어!"

괴물은 느릿하게 우리 밖으로 기어 나왔다. 괴물의 목에는 쇠사슬 목줄이 걸려 우리 안쪽에 연결되어 있었다. 약장수는 괴물이 놀이판에서 벗어나지 않도록 사슬을 둘둘 말고 끈으로 묶어 길이를 줄였다.

곧바로 격렬한 싸움이 시작되었다. 괴물이 토영에게 달려들 때마다 절로 눈을 감게 되었다. 토영은 잽싸게 공격을 피했고, 구경꾼들은 흥분해서 소리를 질렀다.

"잘한다, 잘해! 이겨라! 혼쭐을 내 줘!"

다치지만 마! 나는 속으로 빌고 또 빌었다.

"와!"

환호가 울려 퍼졌다. 토영이 칼로 괴물의 허리를 찌른 것이다. 피가 확 뿌려지며 괴물이 바닥에 굴렀다. 약장수가 황급히 토영과 괴물을 떼어 놓았다.

"아이고, 진짜 찌르면 어째! 그래, 당신이 이긴 거요, 그만합시다!"

구경꾼들은 꽁지 빼지 말라고 야유를 보냈지만, 약장수는 못 들은 척 괴물에게 먹을 것을 주며 우리 안으로 유인하려 했다. 잔뜩 약이 오른 괴물은 먹을 것도 뿌리치고 토영을 향해 버둥거렸고 약장수는 사슬을 잡아당겼다.

토영이 뒤돌아 놀이판에서 나오려 할 때였다. 악에 받힌 괴물이 약장수를 밀쳤다. 그 바람에 약장수는 길이를 조절하던 줄을 놓쳤고, 사슬의 길이가 늘어났다. 당기는 힘에서 자유로워진 괴물은 어리둥절해하더니 자유를 만끽하듯 손에 잡히는 모든 것을 집어던졌다. 약상자도 던지고 주변 가판대도 통째로 던졌다. 심지어 약장수와 광대까지 던지곤, 괴물은 힘겨루기를 구경하러 모인 사람들 쪽으로 돌진했다. 사람들이 비명을 질렀다.

"멈춰라!"

토영이 몸을 날려 괴물의 다리를 잡아챘다. 바닥에 구른 괴물은 날카로운 이를 드러내며 토영에게 달려들었다.

"아악!"

처절한 비명 소리에 나도 잠깐 정신이 나갔던 것 같다. 나는 약장수의 지팡이를 주워 들고 괴물의 등을 후려쳤다.

"당장 입 떼지 못해, 이 나쁜 자식아!"

괴물이 토영의 팔을 놓고 으르렁거리며 나를 돌아보자 그 용기는 한여름 이슬처럼 증발되어 버렸다.

"모라! 도망쳐!"

박하가 외치는 소리가 귓가를 스쳤다.

괴물이 내 쪽으로 몸을 날렸고 나는 눈을 꽉 감았다. 헐떡이는 소리와 지독한 냄새가 코앞까지 다가왔는데, 분명 괴물이 뛰어왔을 건데……. 아무 느낌이 없었다.

쾅! 커다란 소리가, 내 앞이 아니라 저만치에서 들려왔다.

나만큼 다른 사람들도 놀랐을까? 눈을 떠 보니 괴물은 우리 안에 처박힌 채로 신음하고 있었다. 마치 누가 괴물을 그리로 집어던지기라도 한 것처럼. 넋을 잃고 서 있던 약장수가 재빨리 우리의 자물쇠를 채웠다.

"무슨 일이 일어난 거지? 저 애가 뭘 어떻게 한 거야!"

누군가 외치는 소리에 머리가 팽팽 돌았다. 박하가 날 부르지 않왔다면 아무것도 못 하고 그 자리에 계속 있었을지도 모른다.

"많이 다친 것 같아, 치료를 받아야 해!"

토영은 팔을 움켜쥔 채로 쓰러져 있었다. 손가락 사이로 검붉은 피가 흘러나왔다.

여리꾼을
찾아서

약재상 가게 뒷방은 아주 좁았다. 천장부터 줄줄이 매달린 마른 풀과 나뭇가지들 아래로는 탁한 액체가 담긴 유리병과 정체를 알고 싶지 않은 가죽들이 차곡차곡 쌓여 있었다. 강렬한 한약 냄새에 코가 얼얼했다.

내가 앉은 자리에서는 토영의 다리만 보였다. 피에 젖은 천이 침대 아래에 쌓였다.

"괜찮을 거야. 여기 약재상 주인은 원래 한의사였대. 한의사 자격증을 뺏긴 이유가 있긴 하다지만."

박하가 내 어깨를 다독였다. 시장의 병원으로 갔다간 유슬에게 소식이 들어갈 거라며 박하와 박하의 삼촌이 함께 이리로 토영을 옮겨주었다. 나는 내 한 몸 추슬러 따라오는 것만으로도 벅찼다.

괴물의 이빨. 바닥에 뿌려진 피…… 온몸에 소름이 돋아서 나는 무릎에 머리를 박았다.

"모라, 너 진짜 정체가 뭐야? 유슬의 머리카락을 자른 것도 아까랑 비슷하게 한 거지?"

박하의 물음에 나는 저항 없이 대답했다.

"주문이 걸려 있대. 반사하는 주문."

이제 와서 뭘 더 숨기겠는가. 다 까발려졌는데.

"반사? 그런 게 다 있어? 그럼 누구도 널 못 건드리겠네! 어디까지 반사돼? 물건을 던져도 튕겨져?"

박하는 꺼림칙해하기는커녕 신이 나서 질문을 던졌다.

"그런 적도 있긴 해. 원래는 다 바로바로 반사하지 않았어. 서로 진짜 싫어하는 사람 거만 반사하는 줄 알았거든?"

나는 이시연이며 6학년 때 일까지 박하에게 들려주었다. 아빠한테 털어놓을 때는 그렇게 눈물이 날 것 같더니, 남 얘기하듯 쉽게 말이 나왔다. 이쪽이 아니라 '저쪽'에서 있었던 일이라고도 말했는데, 박하는 놀라긴 했지만 쉽게 받아들였다. 할머니 갈치조림식당 단골 중에도 저쪽 세상 사람이 있다고 했다.

"모라, 그 주문을 잘 써먹어 봐. 시장에선 자기만의 비법이 필요해. 무기랄까, 방패랄까, 널 지킬 수 있는 거. 보통은 월등한 물건이나 목 좋은 장소겠지만 너한텐 주문이 그럴 수 있겠어."

이야기를 듣고 난 박하가 진지하게 내게 조언했다.

써먹다니, 나는 주문을 없애려 시장에 왔다. 여기서도 주문 때문에 쫓기게 되고, 괴물을 상대할 뻔하지 않았나.

곧 치료가 끝났다. 약값은 토영이 지니고 있던 노리개로 냈는데, 약재상은 비밀 유지값이라며 거스름돈을 한 푼도 주지 않았다.

"완전 바가지 썼어! 저 노리개가 얼마나 귀한 건진 지나가는 꼬맹이도 알 텐데!"

박하는 약재상을 나오자마자 씩씩거리다가, 갈치 골목 안 자기 집으로 가자고 제안했다. 우리는 어디 있을지 모를 유슬의 눈을 피해 뒷길로 걸었다.

마취가 덜 풀린 토영을 데리고 가는 게 큰일이었다. 가게까지는 어찌 왔는데 가파른 나무 계단에서는 짐짝을 끌어올리듯 잡아당기고 밀어야 했다.

박하와 나는 파김치가 되어 안쪽 방에 이불을 깔고 토영을 뉘였다. 박하는 요깃거리를 주겠다고 했지만 너무 지쳐서 눈이 막 감겼다. 나는 박하가 바깥방에 이불을 채 다 깔기도 전에 쓰러지듯 누워 까무룩 잠이 들었다. 진하고 따스한 잠이었다.

잠에서 깬 것은 배가 고파서였다. 1층에서 올라오는 매콤한 갈치조림 냄새가 너무 자극적이라 침을 꿀꺽 삼키며 일어났다.

"일어났어? 벌써 열한 시가 넘었어."

박하가 드르륵 미닫이문을 열고 상을 들여놓았다. 토영은 약이 독했는지 깨워도 안 일어나서, 혼자 먼저 아침을 먹었다. 따끈한 잡곡

밥에 갈치조림, 딱 아빠가 좋아할 맛이었다.

박하는 까치가 든 가방도 내게 돌려주었다. 살짝 안을 확인해 보았는데, 까치는 자는 건지 화가 난 건지 두 눈을 꼭 감고 꼼짝도 하지 않았다.

"이상해. 아침에 돌아봤는데, 그믐장 약장수랑 모라 네 얘기를 아는 사람이 없더라. 시장에 소문이 쫙 났을 줄 알았는데."

"그럼 좋은 거 아냐?"

"아니지. 시장에선 소문이 빨라. 소문이 득이 될지 실이 될지 따지는 일에도 빠르고. 흥미로운 이야깃거리로 소비할 거면 소문이 났을 거야. 근데 조용하다는 건…… 알면서도 쉬쉬하는 거야. 이득이 될 일인가 따져 보느라. 다들 너에게 관심이 많아졌다는 거지."

맙소사, 이러다간 시장을 빠져나가는 게 더 어려워질 것 같았다. 나는 초조하게 입술을 뜯었다. 차라리 말을 해 볼까. 박하는 반사의 주문도 쉽게 받아들였으니까 보관소 얘기를 해도 괜찮을 듯했다.

"저기, 물품보관소……라는 데 있잖아."

내 말이 떨어지자마자 박하가 펄쩍 뛰는 바람에 상이 엎어질 뻔했다.

"네가 찾는다는 말 못 할 데가 보관소였어? 맙소사! 어디서 무슨 말을 듣고 왔는진 몰라도, 그런 데랑 얽히면 안 돼, 아직 앞날이 창창한 애가!"

"아니, 어떤 덴지도 잘 모른단 말이야."

나는 작게 항의했다.

"보관소는 한마디로, 넘보면 안 되는 물건들을 모아 둔 장소야. 옛날에야 말 그대로 물건을 보관했다가 돌려주는 곳이었는데, 언젠가부터 함부로 폐기할 수도 없는 위험한 물건들을 맡게 되었대. 문제는, 그 물건들을 탐내는 사람도 많았다는 거지. 위험한 만큼 매혹적인 물건들이었으니. 예를 들면, 어떤 연필이 있었는데…….."

한 상인이 우연히 주운 보관증으로 보관소에서 연필을 얻었다고 했다. 놀랍게도 그 연필로 장부에 숫자를 썼더니 다음 날 그만한 금액이 금전 출납기에 저절로 들어왔다. 상인은 처음엔 적은 돈을 적었지만 점점 욕심이 늘어나 아예 장사를 접고 숫자만 써서 돈을 벌었다.

"그러던 어느 날, 상인은 일 년 치 매상이 될 만한 액수를 썼대. 그리고 어떻게 됐는지 알아? 돈에 깔려 죽었어."

"뭐? 어떻게 그렇게 돼?"

"며칠째 그 사람이 안 보여서 친구가 가게 문을 따 보았더니 동전이 우르르 쏟아졌대. 그 돈이 다 동전으로 나타나서 가게를 꽉 채우고 있었단 거야. 그 사람을 깔아뭉갠 거지."

끔찍했다. 동시에 흥미롭기도 했다.

"물건을 훔치러 갔다가 보관소에 돌아오지 못한 이들, 요행으로 하나 얻었다가 지독한 결말을 맞이한 이들이 한둘이 아니었대. 그래서 상인회에서 아예 보관소 출입을 금지해 버렸어. 제정신이 박힌 사람이면 거기 갈 생각도 안 해, 얘기도 안 하고. 보관소가 어디 있는지 아는 사람도 없을걸. 신비하게 숨겨져 있다고 하더라."

엄마가 그런 곳에 있다는 게 믿기지 않았다. 엄마는 거기서 뭘 하는 걸까?

덜컹, 안쪽 방문이 열리더니 토영이 나왔다. 토영은 식사도 거절하고 바로 떠나겠다고 했다.

"여리꾼과 약속을 했습니다. 그분을 모시고 두 시까지 약속 장소로 가야 합니다. 늦으면 기다리지 않을 거라 했어요……."

토영은 핏기 하나 없는 얼굴로 비틀거리며 일어났다.

"네가 직접 가려고? 그, 윤 사장님에게 부탁하면 안 돼?"

내 말에 박하가 헛기침을 했다.

"아침에 들었는데, 어젯밤 유슬이 그릇상가를 샅샅이 뒤졌대. 아무리 상인회라 해도 그렇게 남의 사업장에 간섭 못 하거든? 그런데도 감행한 건 역시 너희 때문이겠지."

"아무 대가 없이 도와주고 계셨는데……."

토영은 괴롭다는 듯 마른세수를 했다. 박하는 계산 빠르기로 유명한 윤 사장이 대가 없이 도와주는 거냐며 놀라워했다.

"제가 유슬 님의 호위가 되는 것이 탐탁지 않다고 하셨습니다. 그래서 도와주시는 거라고요."

대가. 그렇다면 내가 선왕을 데리고 와야 하나? 나 때문에 토영이 다쳤으니까. 그치만, 내가 그믐장에 같이 가 준 덕에 여리꾼을 찾았으니 대가는 이미 치른 셈이다. 근데 유슬에게서 날 구해 줬는데. 아니지, 유슬에게 잡힌 게 토영 때문이었으니……. 머릿속 저울이 양쪽을 오르락내리락했다.

"박하야, 상인회 임원단에서 너를 보러 오셨구나. 물어볼 게 있으시대."

문 밖에서 누군가 박하를 불렀다. 나는 화들짝 놀라 까치가 든 가방을 움켜쥐었다. 유슬이 우릴 찾아낸 것이다.

"옷만 갈아입고 내려갈게요!"

박하는 크게 외치곤 토영과 내게 신호를 보냈다. 우리는 신발을 챙겨 들고 다락에 올라가 창문을 통해 옥상으로 나왔고, 옆 건물 옥상으로 넘어가서 비상계단에 숨었다. 토영은 숨을 돌리자마자 선왕에게 가겠다고 말했다.

"그분께도 손이 미칠 거예요. 가겠습니다. 아……."

토영은 다친 팔을 움켜쥐고 신음했다. 그 모습에 저울이 한쪽으로 기울었다. 나는 말을 내뱉었다.

"내가 데리고 올……까? 반사의 주문이 있으니까, 쉽게 잡히진 않을 거야."

토영은 반대했지만 박하는 내 의견에 찬성이었다. 박하는 입고 있던 겉옷과 모자도 벗어 주었다. 나는 손수건을 둘러 얼굴을 가리고, 옥상에 굴러다니던 철제 쟁반과 주전자를 옆구리에 꼈다. 박하는 그새 간단한 지도를 그리고 들키지 않을 만한 길을 표시해 주었다.

내가 지도를 외울 동안 박하는 토영을 데리고 먼저 약속 장소로 출발했다. 혼자 있게 되자마자 가방 안이 난리가 났다. 까치는 깃털을 바짝 세우고 내게 물었다.

"반사의 주문이 진짜 네게? 네가 정말 현아의 딸이라고? 그동안은 어딨었어? 지금은 또 무슨 일을 벌이려는 게야!"

"그렇게 시끄럽게 굴다간 벌이기도 전에 망할 거야. 이제 조용히 해."

아무렇지 않은 척 출발은 했지만 심장이 뛰고 손에 땀이 났다. 직진하다가, 안경 가게가 나오면 오른쪽 길로 돌아, 상가 외벽에 꽃시장이란 글자가 붙어 있을 거고, 그 건물 3층. 저기다!

꽃시장은 어제와는 딴판이었다. 환히 밝은 조명 아래서 꽃 더미를 사이에 두고 상인들과 손님들이 활기차게 흥정을 하고 있었다.

꽃시장 안을 몇 바퀴나 빙빙 돈 끝에 선왕을 찾아냈다. 화분 가게 앞, 키 큰 화분들과 흙 포대 옆에 검푸른 천으로 머리를 가린 선왕이 동그마니 앉아 졸고 있었다. 껍데기 둘이 흔들흔들 휘청거리며 곁에 서 있는 모습이 마치 선왕을 지켜 주는 것 같았다.

그리로 달려가려다 멈췄다. 유슬의 부하들이 여기엔 안 왔을까? 주변을 살피는데, 손님 둘이 짐수레를 끌고 선왕 옆에 나타났다. 그들은 가게 주인과 짧게 대화를 나누곤 돈을 건넸다. 그러더니 흙 포대가 놓인 나무판자를 통째로 들어 짐수레에 얹는 게 아닌가. 그 위의 선왕까지 함께! 선왕은 짐수레에 실려 가면서도 깨지 않았다. 껍데기들이 느릿하게 뒤를 따랐다.

어쩌지? 잠부터 깨워야 해!

고민은 짧았다. 나는 들고 있던 양철 주전자를 콘크리트 기둥에다 세차게 부딪쳤다.

"무슨 소리야? 뭐가 깨졌어?"

꽃시장에 있는 모든 사람들이 내 쪽을 보는 듯했다. 손수건 밑의 얼굴이 사정없이 빨개졌지만, 성공은 했다. 선왕이 잠에서 깨어 나를 본 것이다.

눈을 껌벅거리는 게 영 알아보지 못한 눈치였다. 나는 손수건을 내려 얼굴을 내보이곤 손짓했다. 선왕은 길게 하품을 하며 짐수레에서 폴짝 뛰어내려 이리로 걸어왔다.

나는 선왕을 흘낏흘낏 뒤돌아보며 걸어 나갔다. 선왕과 관련이 없어 보여야 했다. 선왕을 데려가려던 이들 역시 애써 표정을 관리하며 간격을 두고 따라왔다.

꽃시장 철문 가까이 왔을 때, 종이컵을 들고 대화하던 사람들이 내 쪽을 돌아보았다. 스치듯 마주친 눈이 휘둥그레 커졌다.

"유슬의 머리카락을 잘랐던 개 아닌가?"

아! 나는 손수건을 코 위로 올렸지만 한 발 늦었다.

"얘야, 잠깐! 말 좀 묻자. 혹시 그믐장에 왔었니?"

에라, 모르겠다! 나는 뒤돌아 몇 발자국 뒤의 선왕에게 직진했다. 놀란 선왕의 손을 잡아끌고, 미로처럼 얽힌 꽃시장의 통로로 뛰어들었다.

죽은 자를 무시하라는 괴상한 규칙을 나는 이미 어겼다. 또 한 번 어긴다고 뭐가 그리 달라지겠는가. 선왕을 쫓는 사람들, 나를 쫓는 사람들을 피해 이 자리를 벗어나는 것에만 집중했다.

복잡한 꽃시장 길을 요리조리 지난 끝에 바깥으로 나가는 유리문을 발견했다. 유리문 밖 연결 통로를 지나 상가 옆 동으로, 다시 계단 밑으로. 박하가 일러 준 길은 이미 놓쳐 버렸다. 상가 바깥쪽 무슨 골목에 사람이 없다고 했는데…… 이 시장에 사람이 없는 길이 어디 있어!

"멈춰 봐라!"

선왕이 내 손을 잡아당겼다. 어, 선왕이 가리킨 골목에는 사람이 없었다. 우리는 상가 사이 좁은 골목으로 들어가 짐 더미 뒤에 몸을 숨겼다.

나와 선왕을 쫓던 사람들이 골목을 지나쳐 멀어지는 걸 확인하고서야 나는 한숨을 돌렸다.

"벌써 한 시 삼십 분이네! 두 시까지 가야 해……요."

왕한테는 존댓말을 써야 하나? 아, 될 대로 되라지.

"그래야 여리꾼이랑 계약을 할 수 있대. 토영이 기다리고 있어. 빨리 가자!"

"날 아는 척하면 안 된다, 이러면 안 돼."

선왕은 내 시선을 피해 머리의 천을 더 깊게 뒤집어쓰곤 바닥에 쭈그려 앉았다. 천 아래에서 나직한 목소리가 흘러나왔다.

"꽃시장에 있으면서 마음을 정했다. 나는 이 길에 머물겠다. 토영에게 헛된 노력하지 말고 시장을 나가라고 전해라. 어차피 죽은 몸이니 머지않아 껍데기가 되지 않겠느냐."

어이가 없어서 말문이 막혔다. 나와 토영이 그믐장에 내려간 것이며 괴물과 마주했던 걸 다 허사로 만들겠단 소리였다. 우리가 겪은 일을 선왕이 알 리가 없는데도 화가 났다.

"그래서, 나더러 토영에게 그렇게 전하라고? 지금까지는 그렇게 가만히 있으면 다 됐나 본데, 내가 그 말을 들어줄 이유가 없거든? 토영한테 할 말 있음 네가 직접 가서 말해!"

선왕은 나를 멍하니 올려다보았다. 악의라곤 조금도 없는 동그란 눈동자를 보고 있자니 내가 너무 심했나 싶어졌다. 나는 숨을 가다듬고 말투를 부드럽게 바꿨다.

"어, 전하? 폐하던가? 어쨌든 빨리 가야, 가셔야 합니다. 알았지! ……요."

선왕의 둥근 눈에 천천히 눈물이 차올랐다. 아니, 이 정도에 우는 거야? 당황스러웠다. 나는 가방에서 휴지를 꺼내 선왕에게 건넸다. 선왕은 눈가에 맺힌 눈물을 닦아 냈다.

"네 말이 맞다. 죽은 자가 되어서도 이 꼴을 하고 있어도 나는 이렇게 한심하구나."

"저기, 한심하다고 하지는 않았거든. 일단 가자. 가서 얘기하자고."

나는 골목 밖을 살폈다. 박하가 알려 준 장소는 가까웠다. 길 건너 4층짜리 붉은 벽돌 건물이었다. 그러나 사람들이 많이 오가는 길이었다. 아까 그 사람들이 선왕과 나를 찾고 있을지도 몰랐다.

이러지도 저러지도 못하고 있는데, 껍데기들이 느릿하게 골목 안으로 걸어 들어왔다. 껍데기들은 바닥에 버려진 짧은 끈 뭉치를 밟고 섰다.

불현듯 방안이 떠올랐다. 나는 선왕이 입은 옷과 머리에 두른 천을 살폈다. 비록 때 묻고 헤어졌지만 검푸른 바탕에 검은색 실로 섬세하게 수놓아진, 눈에 띄는 옷이었다. 나도 꽃시장에서 이 옷으로 선왕을 알아보았으니…….

"그 옷, 버려도 되겠어?"

선왕은 눈물 젖은 얼굴을 들었다.

나는 바닥에 버려진 끈을 연결해 길게 만들었다. 껍데기 둘을 나란히 세워 팔짱을 끼우고, 팔짱이 풀리지 않도록 팔을 느슨하게 묶었다. 미안해요, 거듭 중얼거리면서. 껍데기를 건드릴 때는 소름이 막 돋았다. 껍데기들은 내가 하는 대로 그냥 두었다.

"껍데기를 그리 만지다니."

"왜? 독이라도 있어?"

선왕의 말에 황급히 손을 뗐다. 선왕이 고개를 저었다.

"아니다. 그러는 이가 없을 뿐이다."

나는 세 번째 껍데기에게 선왕의 검푸른 겉옷을 입히고 머리를 천으로 덮은 뒤, 두 껍데기들 뒤쪽에 세우고 양손을 두 껍데기의 팔짱 낀 팔에 줄로 묶었다. 매듭은 곧 풀릴 정도로 약하게 지었다. 어차피 오래 눈을 속일 순 없을 거였다.

"부탁해요, 미안해요."

나는 마지막으로 한 번 더 사과하고, 껍데기 무리를 골목 밖으로 살살 밀었다. 껍데기들은 너무 가벼워서 거대한 풍선을 미는 기분이었다.

큰길로 나간 껍데기 무리는 단박에 사람들의 시선을 끌었다. 언뜻 보면 선왕이 껍데기들을 방패 삼아 걸어가는 것처럼 보였다.

"세상에!"

놀란 사람들의 수군거림과 시선이 내가 이용할 방패였다. 시장 사람들이 껍데기들에 주목하는 동안 나와 선왕은 반대 방향으로 발길을 옮겼다. 일부러 더 당당하게 허리를 펴고 평범하게 걸었다. 선왕은 아까까지 내가 입던 박하의 겉옷을 입고 얼굴은 가리지 않은 상태였다. 시장 사람들 누구도 선왕의 얼굴을 제대로 보지 않았을 것이다, 선왕은 죽은 자였으니까.

이 도박은 성공했다. 죽은 자이되 살아 있는 몸인 선왕은 무사히 인파 속을 걸었고 우리는 목표로 한 건물에 도착했다.

그 누구도 우리를 따라오지 않았다는 것을 확인하고서, 나는 선왕을 데리고 4층으로 향했다.

우리는 늦지 않았다. 약속 시간 오 분 전에 박하가 알려 준 건물 4층의 빈 가게에 도착한 것이다. 선왕은 토영의 팔에 감긴 붕대를 보고 놀란 듯했고 토영은 선왕을 보고 너무나 기쁜 기색이었지만, 둘다 서로에게 아무 말이나 행동도 하지 않았다.

토영이 선왕의 옷에 대해 묻긴 했다. 나는 어깨를 한 번 으쓱하고 말았다.

"오셨으니 여리꾼을 만나러 가 보겠습니다. 곧 약속 시간입니다."

토영이 말하자 박하가 기다리라는 듯 손을 들었다. 박하는 먹이를 노리는 짐승처럼 날카로운 눈으로 창밖을 내다보고 있었다.

곧 건너편 건물의 3층 바깥 복도로 초록 모자를 쓴 사람이 모습을 드러냈다. 자기가 만난 여리꾼이 맞다며 서두르는 토영을 박하가 막았다.

"몇 분 늦는다고 별일 생기진 않아. 저 사람이 진짜 여리꾼이고 너와 계약을 하러 왔다면, 기다려 봐."

"유일하게 제 말을 들어주었던 여리꾼이신데 저분을 놓치면……."

토영은 초조하게 발을 굴렀다.

십 분 정도 지났을까, 초록 모자가 선 복도에 본 적 있는 인물들이 걸어 나왔다. 세상에, 유슬을 따라다니던 병풍들이었다. 초록 모자를 쓴 여리꾼은 그들과 대화를 나누며 자리를 떠났다.

박하는 착잡한 표정으로 창가에서 물러났다.

"여리꾼이 유슬에게 정보를 주었나 봐. 처음부터 그럴 계획이었을 거야. 약속 장소부터 이상했어. 저기는 오가는 길이 하나뿐이잖아, 비상문도 없고. 보통의 여리꾼이라면 모습을 숨겨야 하는 손님과 이야기할 때면 도망갈 길이 여럿 있는 장소를 택하지 않겠어? 시장의 여리꾼이 손님을 속이다니, 정말 부끄러운 일이야."

토영은 속았다는 사실보다 여리꾼을 못 구한 것에 더 충격을 받은 듯했다.

"다음 그믐장까지 기다릴 수 없습니다. 다른 곳에서 여리꾼을 찾을 방법은 없을까요?"

토영의 말이 끝나기 무섭게 내 가방 속에서 까치가 빽 소리를 질렀다.

"도저히 못 참겠구나!"

"깜짝이야! 왜 소리를 지르고 그래."

화들짝 놀라 가방에서 까치를 꺼냈다. 박하는 시장에서도 보기 드문 그림이라며 놀라워했다. 구석 자리에 얌전히 앉아 있던 선왕마저도 슬금슬금 다가와 관심을 보였다.

"털 한 올 한 올 살아 있는 걸 보니, 대단히 숙련된 화공이 그린 게 틀림없구나. 이렇게 말을 잘하는 그림은 궁에도 한 점뿐이다."

"흥, 보는 눈은 있구나. 그건 그렇고! 껍데기를 만지질 않나, 그믐장 여리꾼을 찾으려 들지 않나. 이게 다 무엇 때문이냐?"

까치가 내게 따졌다. 사실 나도 제대로 아는 건 아니었다. 토영과 선왕이 무슨 특별한 가게를 찾으려 한다는 것만 알았다.

"그러게, 어디로 가려는데 여리꾼까지 필요한 거야? 나한테 얘기해 봐, 이래봬도 배달 경력이 오 년이라고. 웬만한 가게는 다 알아. 알려 달라면 알려 줄게."

박하가 토영에게 묻자, 선왕은 소스라치더니 뒷걸음질 쳐 물러났다. 토영은 긴장한 기색으로 입을 열었다.

"단명소로…… 이름을 자르는 가게로 가고자 합니다."

묵직한 침묵이 흘렀다. 박하는 마른침을 삼켰다.

"단명소가 뭐야? 이름을 자르는 가게면, 개명하는 거?"

내 물음에 까치가 혀를 찼다.

"쯧! 단순하기 짝이 없구나. 이름을 자르면 과거도 잘린다. 그 이름으로 살아온 삶을 포기하는 것이야. 생살을 떼어 내는 것보다 더 고통스러운 일이라 들었다."

"정말 그런 각오를 하셨단 말이야?"

박하가 낮은 목소리로 토영에게 물었다. 대답은 각오를 한 당사자, 선왕으로부터 나왔다.

"……시장을 나갈 수 있는 유일한 방법이라 들었다. 그릇상가의 윤 사장이 알려 주었지. 이 이름을 지닌 채로는 시장에 붙들려 나갈 수 없다더구나."

토영이 털썩 무릎을 꿇고 선왕 앞에 머리를 조아렸다. 토영은 비통한 목소리로 흐느꼈다.

"다 제 탓입니다. 제가 전하를 이곳으로 모시고 오는 바람에, 이름을……."

"토영, 네 잘못이 아니다. 내가 아무리 죽은 사람 취급을 받는다 해도 목숨이 붙어 있다는 것은 명백한 사실이니, 어좌의 권위를 위협하는 불순물일 뿐이다. 스스로 생을 마감하는 것이 마지막 충심이 될 터이나 그리 못 하겠다면 이름이라도 잘라 내 존재를 지워야겠지. 형님의 발목을 잡지 않도록."

선왕은 텅 빈 눈으로 말했다. 눈 밑에 그늘이 드리우자 어리고 풋풋한 얼굴이 순식간에 나이 든 것처럼 지쳐 보였다.

"그래서 그믐장 여리꾼이 필요한 거였단 말이지, 단명소를 찾으려고……."

박하는 혼잣말을 하며 방을 이리저리 걸어 다녔다.

나는 여전히 이해가 안 됐다. 과거가 잘린다는 건 또 무슨 뜻이지? 까치에게 속삭여 묻자, 까치도 눈치는 있는지 소곤소곤 대답했다.

"일단은 그 신분과 흔적이 지워진다지. 사진에 찍힌 모습도 지워지고 기록된 글자도 사라지지. 같은 이름으로 불린다 해도 예전의 그 사람일 수는 없다."

"신분 세탁 같은 건가? 범죄자들이 악용하면 어떻게 해?"

"죄를 지은 이가 이름을 잘랐다간 사지가 같이 잘린다는 것만 말해 주지."

사지가 잘린다는 게 비유가 아니라는 것은 확실했다. 등골이 서늘해져서 몸을 움츠렸다.

"이름을 자르면 이름 없는 무명씨가 되어 바닥부터 자신을 쌓아 올려야 한다. 고귀한 몸으로 태어나 하나뿐인 이름을 받고 옥좌까지 올랐던 이가 감당할 수 있겠느냐."

까치가 혼잣말처럼 중얼거렸다. 선왕은 입술을 달싹거렸지만, 끝내 아무 말도 하지 않았다.

정신 사납도록 가게 안을 빙빙 돌던 박하가 마침내 제자리에 섰다. 박하는 신중하게 말했다.

"방법이 하나 있긴 해. 윤도가 있으면 내가 여리꾼 노릇을 할 수 있을 거야. 윤도는 특별한 나침반이거든. 좋은 윤도를 가지고 있고 다룰 줄만 안다면 못 갈 곳이 없지. 시장의 숨은 아흔아홉 가게인들 못 갈까."

"숨은 아흔아홉 가게는 또 뭐야?"

"너무 위험하거나, 불법 영업을 하고 있거나, 주인이 하도 손님을 까다롭게 받아서 찾기 어려운 가게들이지. 단명소도 그중 하나야. 그림자를 파는 가게랑 인연을 맺어 주는 가게, 기상천외한 옷감으로 옷을 지어 주는 의상실도 있고."

그럼 혹시, 보관소도 갈 수 있는 걸까? 어차피 당장 시장에서 나갈 수도 없다면, 그리고 찾아볼 방편이 있다면…….

까치는 찬물을 끼얹듯 깍깍댔다.

"윤도를 어디서 구하려 그러느냐. 감히 너 따위가 살 수 있겠느냐? 여리꾼도 구하기 힘든 것을!"

"물론 정상적인 가게에서는 살 수 없겠지. 그렇지만 딱 한 군데, 가능성이 있는 가게가 있어. 누구나 갈 수 있고 뭐든 얻을 수 있는 가게."

박하가 말하자 까치가 부리를 딱 부딪쳤다.

"잠깐, 아직도 거기가 남아 있다고? 거기를 가겠다고!"

어디 놀러 가자고 제안하는 것처럼 씩 웃으며, 박하가 말했다.

"팥들의 노점으로 가야겠다."

"미쳤구나!"

까치가 부르짖었다.

팔들의
노점

"팔들의 노점이 뭔데?"

내가 물었으나 딴 생각에 팔린 박하는 내 질문을 씹었다. 박하는 손가락을 하나씩 꼽으며 혼잣말을 하더니, 토영에게 돈이 얼마나 있는지 물었다.

"돈이라면, 이런 게 있다."

선왕이 품에서 붉은 비단 주머니를 꺼냈다. 못 본 척하는 박하를 위해 내가 대신 받아 들었다. 꽤 묵직하다 싶더니 구멍 뚫린 옛날 돈이 꾸러미째로 들어 있었다.

"왕실의 옛 돈이네. 환전상 할머니들이 요즘 돈으로 바꿔 주실 수 있으려나. 근데 그거…… 저승 노잣돈일 거잖아."

박하는 머뭇거리며 돈 꾸러미를 손가락 끝으로 살짝 건드렸다.

"맞다. 내 관에 들어 있었던 것이다."

선왕이 내게 말했다. 누구에게 할 말이든 나에게 하기로 작정했나 보았다.

　박하는 찜찜한 듯 돈을 손수건에 싸서 환전상 할머니들에게 다녀왔다. 옛 돈 세 개는 두툼한 천 원짜리 묶음 여덟 개가 되었다. 박하는 돈과 장바구니를 모두에게 나눠 주었다.

　선왕은 어린아이처럼 환한 표정으로 천 원 한 장을 이리저리 돌려 보았다.

　"돈이 하늘색이구나. 참 곱다."

　천 원짜리와 장바구니가 필요한 이유를 박하가 설명했다.

　"그들이 권하는 물건은 모두 에누리 없이 사야 해. 돈만 주고 물건을 안 받아서도 안 돼. 그럼 화를 낼 거야."

　"그들이라니? 누가 화를 내? 누가 값을 부르는데?"

　"당연히 팔들이지."

　팔들의 노점이라더니, 그냥 붙인 이름이 아니었다. 박하는 그 노점에 얽힌 기이한 이야기를 들려주었다.

　그 노점에서는 온갖 잡동사니부터 금지된 물건들까지 안 파는 게 없었다. 단속을 피해 자주 문을 닫는데도 어찌나 사람이 몰리는지, 가게를 크게 확장도 했다.

　"주인 혼자서 그 큰 가게를 운영하긴 힘들었겠지. 사람을 고용했으면 좋았을 것을……."

　박하가 말을 끊었다. 선왕이 궁금하다는 듯 몸을 내밀었다. 박하가 속삭였다.

"팔들만 고용한 거야. 인건비를 아끼고 싶었겠지. 물건을 내주고 돈을 받는 건 팔만으로도 되니까."

팔들이 물건을 판다니, 나는 상상을 포기했다. 역시 시장다웠다.

"그 노점상은 나이 들어 죽은 지 오래야. 거기엔 팔들과 물건들만 남아 있고. 그리고 팔들은 그저 물건을 팔려고만 해."

팔들이 무슨 물건을 건넬지는 복불복이라서 유통기한이 지나거나 고장 난 쓰레기들도 있다고 했다. 물건을 거절했다가 머리채를 잡히는 일도 있었다는 말에 토영의 얼굴이 희게 질렸다.

"상인회에서 노점을 없애려고 한 적도 있어. 물건을 내가려 하니 팔들이 어떻게 했는지 알아? 도둑으로 인식하고는 그 사람들의 목을 졸랐어."

"그렇게 위험한 곳에 다 같이 가야 할 필요가 있을까요? 아, 물론 저는 갈 겁니다. 다만……."

토영이 선왕 쪽으로 살짝 손을 올렸다. 박하는 어울리지 않게 말을 더듬었다.

"아, 음, 안 가져도 되지."

"나는 가고 싶구나."

선왕이 불쑥 말했다. 그 말을 받아 나도 말했다.

"나도 갈게."

박하에게서 보관소 얘기를 들었을 때와 비슷한 느낌이었다. 섬뜩

하지만 흥미로웠다. 어떤 곳인지 궁금했다.

"나는 이 일과는 아무 관계가 없다! 절대 거기서 날 꺼내지 마!"

까치는 가방 속에서 깍깍댔다. 나는 조용히 가방을 잠갔다.

노점이라기에 시장 길에 있을 줄 알았는데, 박하가 사람들의 시선과 추적을 피해 빙 돌아 우리를 데려간 곳은 어느 건물의 옥상이었다. 박하는 옆 건물 옥상 위, 방수포로 지붕을 덮은 가건물을 가리켰다.

"저기야. 해가 조금만 더 기울면 문을 열 거야."

시장의 가장자리라서 숭례문으로부터 뻗어 나온 성벽이 손에 닿을 듯 가까웠다. 돌을 쌓아 만든 성벽은 한쪽으로는 시장을 감쌌고 다른 쪽으로는 쭉 이어져 도성 안팎을 갈랐다. 위엄 있고 웅장한 성벽을 보고 있자니 이쪽 세상이 내가 있던 저쪽 세상과 얼마나 다른지 다시금 실감났다.

"성벽 너머에 남지가 있겠구나."

선왕이 아련하게 말했다.

"그게 뭔데?"

내가 묻자 박하가 팔꿈치로 내 옆구리를 쿡 찔렀다. 직접 말 걸지 말라는 거겠지. 나는 미소를 지으며 똑같이 돌려주었다.

"숭례문 밖의 큰 연못이다. 남지의 연은 뿌리부터 잎, 꽃까지 다 궁으로 보내진단다. 여기 연잎으로 만든 연잎밥을 정말 좋아했더랬지."

"잠깐 보고 올까? 성벽 위에 아무도 없는데."

성벽은 우리가 있는 옥상에서 일 미터 정도 떨어져 있었는데, 건너뛸 만했다.

"큰일 날 소리! 성벽엔 함부로 올라가면 안 돼. 성벽과 문은 나라에서 관리하는 거라 시장과는 달라. 상인회도 거기 올라가려면 문지기의 허락을 받아야 한다고."

박하가 질겁했다. 나는 약간 의기소침해져서 자리에 앉았다.

긴장을 풀어야 한다며 두 팔을 이리저리 휘두르던 박하가 말했다.

"지난 금요일에 팔들의 노점에서 윤도를 봤어. 친구들이랑 갔었거든. 어른들은 가지 말라지만, 자기들도 어렸을 땐 다녔을걸? 그때 윤도를 보곤 진짜 기뻤는데, 같이 간 친구들이 먼저 도망가 버리는 바람에 못 샀지 뭐야."

"그럼 넌 원래부터 윤도를 가지고 싶어 했던 거야?"

내가 묻자 박하는 허를 찔린 듯한 표정을 지었다.

"맞아. 사실 난 여리꾼이 꿈이거든. 배달 일은 그 목표를 위한 실제적인 훈련이고. 여섯 살부터 윤도 읽는 법을 독학해 왔어. 단명소와 그……곳을 찾아낸다면, 여리꾼 시험도 쉽게 통과할 수 있을 거야. 내 경력이 되는 셈이지."

드디어 서쪽으로 기운 해가 건물 사이로 빛을 비추었다. 노점의 방수포 위로 햇빛이 떨어졌다. 우리는 박하의 인도에 따라 건물 사이에 걸쳐진 나무다리를 건너 팔들의 노점으로 향했다.

당연히 박하가 앞장섰다. 그다음이 나, 내 뒤가 토영, 마지막이 선왕이었다.

방수포를 걷고 들어가서 본 팔들의 노점은, 언뜻 보기엔 그저 물건이 많을 뿐이었다. 사람 하나 지나갈 정도로 좁은 길 양편에 그득하게 물건이 쌓여 있었다. 과자와 음료수, 장난감, 옷, 라디오, 로션……. 그리고, 팔.

머리카락이 삐쭉 서고 온몸에 한기가 들었다. 물건들 틈에서 가느다란 팔들이 뻗어 나와 있었다. 그 팔들은 지나치게 길었다. 어깨가 있어야 할 부위는 물건들에 파묻혀 보이지 않았다. 팔들이 이리저리 휘청거리는 모습은 꼭 수족관에서 보았던 정원 장어들 같았다.

팔이 하늘색 돌고래 인형을 내 코앞에 들이밀었다. 나는 갈라진 손톱 옆의 거스러미를 보지 않으려 노력하며 돌고래 인형을 받아 들고 천 원 한 장을 손에 올려놓았다. 그 손은 지폐를 움켜쥐고 부드럽게 물건 사이로 말려 들어갔다.

그다음은 껌 한 통, 그다음은 구겨진 노트였다. 보통은 천 원이었지만 팔이 손가락으로 둘 혹은 셋을 표시해 가격을 알려 주기도 했다. 장바구니는 채워지고 있는데, 길 끝이 안 보였다. 이 노점은 겉에서 보기와 달리 아주 깊었다.

박하는 팔이 건네주는 것을 사는 동시에 쌓인 물건들을 빠르게 뒤적였다. 윤도가 어떻게 생겼는지 알아둘 걸 그랬다 싶었다. 같이 찾아볼 수 있었을 텐데.

잠깐 한눈을 판 그때 물건을 들지 않은 하얀 팔이 나타났다.

"뭐 찾아요?"

기계로 변형한 듯한 가느다란 목소리였다. 이런 경우도 있나? 물어보기도 한다고?

팔이 내게 가까이 다가왔다. 손가락이 춤추듯 움직여 내 옷깃을 만졌다. 머리끝까지 소름이 끼쳤다.

"이거 어울려요."

뼛조각을 엮은 것 같은 하얀 브로치였다. 받아야 하는데, 몸이 딱 굳어 버렸다. 토영이 내 옆으로 팔을 뻗어 대신 브로치를 잡고 돈을 내주었다. 손은 만족한 듯 물건 사이로 쑥 들어갔다.

앞에 가던 박하의 발이 느려졌다. 박하는 몸을 돌려 오른쪽 위편으로 손을 뻗었다. 팔이 손바닥만 한 둥근 나무통을 들고 있었다. 저게 그 윤도란 건가?

박하는 한 손으로 나무통을 잡고, 다른 손으로 천 원을 내밀었다.

"부족해요."

가느다랗고 음산한 목소리가 말했다. 박하는 허둥지둥 주머니를 뒤졌다. 주머니에서 천 원짜리가 우수수 떨어졌다. 박하가 지폐를 집는 사이에 팔은 나무통을 들고 도로 물건 사이로 들어가려 했고, 박하는 다급히 손을 물건 틈으로 쑤셔 넣었다.

"잡았어!"

박하는 자신만만하게 말했지만, 곧 목이 졸리는 것 같은 소리를 내며 물건 더미에 몸을 세차게 부딪쳤다. 박하의 한쪽 팔과 어깨가 물건들 사이에 빨려 들어간 것이다. 박하는 비명을 질러 댔다. 나와 토영이 박하를 잡고 당겼지만 팔의 힘은 무시무시했다.

주문! 차라리 내가……. 흩어진 생각들이 조각조각 떠오르고, 나는 박하 옆으로 손을 집어넣으며 소리를 질렀다.

"내가 계산할게!"

차갑고 말랑말랑한, 고무 같은 것이 내 손을 잡았다. 박하는 풀려나 바닥에 주저앉았고, 그와 동시에 엄청난 힘이 나를 잡아당겼다. 나는 그대로 물건 사이로 끌려 들어가고 말았다.

"아야."

나는 바닥에 누워 신음했다.

사방에 물건들이 쌓여 있는, 쓰레기장 같기도 하고 창고 같기도 한 어두컴컴한 공간이었다. 곰팡이 냄새가 진동을 했다. 한쪽 벽에 쌓인 물건들 틈으로 가느다란 빛들이 들어와 부지런히 움직이는 하얀 팔들을 비췄다.

"저게 뭐야?"

나는 토할 것 같은 기분에 두 손으로 입을 막았다.

팔에는 몸통이 없었다. 그냥 팔뿐이었다. 어깨가 있어야 할 부분은 뭉툭하게 잘렸고 끝에 짧은 촉수가 달려 있어 움직임을 도왔다.

"내가 너 이럴 줄 알았다!"

까치가 갑자기 말하는 바람에 기절할 듯 놀랐다. 나는 가방을 열고 까칠하게 대꾸했다.

"이럴 줄 알았으면 말리지 그랬어?"

빛이 새어 들어오는 쪽이 통로일 것이었다. 물건을 무너뜨려 나갈 구멍을 만들기 위해, 쌓여 있는 물건들 중에서 긴 나무 배트를 잡아 뽑았다. 그 순간, 팔 하나가 내 손에서 배트를 빼서 원래 자리에 가져다 놓았다. 다시 시도해 봐도 마찬가지였다. 물건을 잡지 말고 몸으로 부딪쳐 무너뜨려 보려 했지만 내 몸이 물건의 벽에 닿기 무섭게 팔들이 물건을 도로 쌓았다.

"아깐 왜 반사가 안 되고 끌려 들어온 거지?"

나는 아픈 어깨를 어루만지며 까치에게 물었다.

"네가 계산하겠다고 요청했잖아! 이제 어떻게 나갈 거냐, 어?"

팔들은 분주히 움직였다. 물건을 꺼내고, 옮기고, 내밀고, 안으로 들고 들어왔다가 또 옮기고. 보고 있으니 일정한 패턴이 있었다. 안쪽에서 일하는 팔들은 물건을 집어다가 바닥의 나무판자 위에 놓았다. 그럼 바깥쪽에서 일하는 팔들이 그 물건을 점검하듯 이리저리 살펴보다가 판자에서 밀어내거나 들어 올려 밖으로 가지고 나갔다

해가 지고 있는지 창고 안이 더 어두워지기 시작했다. 이 안에 조명 같은 건 없었다. 저 팔들과 함께 곰팡내 나는 어둠 속에 갇히긴 정말 싫었다.

"빨리 나갈 길을 찾아라. 네가 여기서 못 나가고 굶어 죽으면 나는

어쩌라고?"

까치가 내 속을 긁었다.

"죽을 거 같으면 물건 사이에 놔 줄게. 팔들이 널 팔아 줄 수도 있겠지."

물건? 맞다! 화가 나서 뱉은 말인데, 이거다 싶었다.

"나를 물건으로 인식시키는 거야. 그럼 밖으로 내밀겠지! 밖엔 박하랑 토영이 있을 테니까 날 받아 줄 거야!"

"그게 무슨 미친 소리야!"

나는 가방을 앞으로 메고 팔들이 물건을 점검하는 판자 위에 올라가 누웠다. 내 예상처럼 팔 한 쌍이 내 몸을 이리저리 짚어 보더니 내 다리를 잡아당겼다. 자, 이대로 밖으로 내보내 주기만 하면 된다!

그러나 팔들은 내 몸을 조금 끌다 말았다. 팔들이 들기엔 너무 무거운 모양이었다.

안 되나 싶어 실망하고 있는데, 팔들이 길쭉한 물체를 가져왔다. 살벌하게 날이 갈린 긴 톱이었다.

"모라! 너를 자르려나 보다!"

까치의 말과 동시에 나는 옆으로 굴러 나무판자를 벗어났다. 나는 진저리치며 일어나 구석에 놓인 나무 상자 위로 올라가 몸을 숨겼다. 톱을 든 팔들은 판자 주변을 오가며 날 찾는 듯하다가 가 버렸다.

놀란 가슴을 겨우 진정시키는데, 난데없이 깔깔대는 웃음소리가 들려왔다.

"악!"

나는 놀라 상자 밑으로 우당탕 떨어졌다.

"재밌는 일을 벌이는구나."

누군가 쌓인 물건에 기대어 서 있었다. 키가 훌쩍 큰 할머니였다. 자세가 곧아 젊은 사람 같았지만 이마와 뺨은 주름으로 자글자글했고 머리에 묶은 박쥐무늬 스카프 밑으로 삐져나온 머리카락은 백발이었다.

이 안에 사람이 있을 줄이야!

"혹시 여기 주인이세요? 아니지, 주인은 죽었다 그랬는데……."

"주인은 아니야. 찾는 게 있어 왔지. 아주 창의적인 방법으로 나가려 하더구나. 인상적이었다."

"도무지 나갈 수가 없어서요. 혹시 나가는 법 아세요?"

할머니는 고개를 까딱 끄덕였다. 믿기지 않는 행운이었다. 어찌나 안심이 되던지 눈물이 다 났다.

"자정이 되면 나갈 길을 마련해 주마. 지금은 팔들이 일하고 있으니 틈이 없다. 이리로 오렴. 전 주인이 쓰던 방이 있다."

물건 더미 사이에 몸을 굽혀야 들어갈 만한 작은 문이 있었다. 문 안 방은 좁았지만 싱크대와 화장실까지 딸려 있고, 바닥에는 담요 더미와 침낭도 있었다.

할머니는 불을 켜고 통조림과 따개를 건넸다. 나는 신중하게 유통기한을 확인하고 황도 통조림 하나를 열었다. 배가 고팠던 참이라 시럽까지 다 마셔 버렸다.

"언제부터 여기 계셨어요?"

나는 부대에 빈 통조림이 가득 찬 것을 보고 물었다. 하루 이틀 머문 분위기가 아니었다.

"글쎄, 한 일 년은 된 거 같은데."

할머니는 대수롭지 않다는 듯 말했다. 팔들의 노점 안에서 일 년을? 입이 절로 떡 벌어졌다. 할머니는 껄껄 웃었다.

"나는 시간이 많거든. 시장에서만 백 년을 있었지. 일 년이야 눈 깜짝할 새 지나가더구나."

시장에서 백 년이면 다른 곳에서는 더 있었단 얘긴가. 농담인지 진담인지 구분이 안 갔다.

"요즘 시장은 예전 같지 않아. 그믐장엔 허접쓰레기를 내어 놓고 껍데기에겐 먹다 버린 것을 주는 이들이 늘어났지. 엄한 것을 욕심내기도 하니 허기를 피할 도리가 있겠느냐."

할머니는 혼잣말처럼 말하곤 두꺼운 노트를 꺼내 뭔가를 적었다.

나는 가방에서 까치를 꺼내 보려 했다. 그런데, 까치는 바르르 떠는 게 보일 정도로 겁에 질려 있었다.

"난 여기 없는 걸로 쳐. 내버려 둬, 제발……."

나는 하릴없이 벽에 기댔다. 박하는 그 윤도를 챙겼을까? 나를 기다릴까, 아님 이미 떠났을까. 나 두고 가면 진짜 치사한 거다…….

깜박 졸고 있었는데 할머니가 나를 깨웠다.

"자정이다. 길을 열어 줄 터이니 나가거라."

할머니가 손전등으로 창고 안을 비추었다. 팔들은 어디 갔는지 하나도 없었다.

"같이 안 나가시고요?"

"아직 찾는 걸 못 찾았다. 한 일 년 더 찾으면 나오려나. 그럴 만한 가치가 있지. 물품보관소에 있다가 이리로 흘러온 물건이니까."

갑자기 보관소? 돌부리에 발이 걸린 것처럼 화들짝 놀랐다.

"어느 무모한 도둑들이 보관소 물건을 빼돌렸다지. 도망치다 잡힐 것 같으니 훔친 것을 팔들의 노점 안에 던져 넣었다는구나. 도둑들은 대가를 치렀지만 그 물건은 다시 되찾지 못했어. 내게는 잘된 일이지. 보관소에서 물건을 찾아갔다면 내가 손에 넣을 기회는 영영 없었을 테니."

"아……, 그래요."

내 목소리에서 뭔가를 느꼈는지, 가방 속 까치가 애원하다시피 속삭였다.

"현아의 딸! 넌 끼어들지 마라. 보내 준다고 할 때 나가라."

까치의 말이 맞는다는 걸 머리로는 알았다. 그러나 마음은 다르게 움직였다. 나는 묻고 말았다.

"어떻게 생긴 건데요? 제가 같이 찾아볼까요?"

"오호라, 날 도와주려는 게냐? 그런 인간은 처음 보았다."

할머니가 웃음을 터뜨렸다. 분명 웃고 있는데 어딘가 오싹했다.

"작은 돌이야. 이만한 크기지."

할머니는 손가락을 동글게 말아 오백 원짜리 크기를 만들어 보였다.

"환혼석이라고 한다. 죽은 학의 새끼를 살린 돌이야. 옛날 어느 마을에서 아이들이 학 알을 깨며 장난을 쳤다고 하지. 학이 되지 못한 새끼는 죽었고 동네 노인이 새끼를 거둬 둥지에 넣어 주었단다. 학이 죽은 새끼를 보고 슬피 울다가 어딘가에서 돌을 물고 왔는데, 그 돌을 둥지에 넣었더니 죽은 새끼가 살아났더란다. 노인은 신기하다 싶어 돌을 간직했지. 그런데 노인의 아들이 중국에 갈 때 돌을 가져가 시장에 내어 놓았다."

설명을 듣는데, 머리카락이 쭈뼛 섰다. 그리 무서운 얘기도 아닌데 왜 이러지?

"중국 상인이 돌을 보고 놀라 천금을 주고 사겠다고 했지. 돈을 마련해 올 테니 다른 사람에게 팔지 말라고 당부도 했고. 그런데 그 사이에 이 아들이 돌을 찬찬히 보니 눈 모양의 흠집이 눈에 거슬렸더란다. 그래서 모래를 가지고 그 흠집을 문질러 닦아 반질반질하게 만들어 두었지. 그런데 돌아온 중국 상인이 보고 말하기를, 그 돌은 죽은 생명도 살리는 환혼석인데 그 기운을 닦아 내어 버렸으니 평범한 돌이 되어 버렸다고 했단다."

어, 어? 강렬한 떨림이 온몸을 스치고 지나갔다. 환혼석. 본 적도 없는 그 돌이 어디 있는지, 나는 알았다.

나는 뻣뻣하게 손을 들어 할머니 뒤의 물건 더미를 가리켰다.

"저 중간에 검은 나무함이 있는데…… 그 속에 빨간 주머니가 있고, 그 안에 돌이 있어요."

할머니는 민첩하게 물건 사이를 뒤적였다. 얼마 지나지 않아 붉은 천 주머니가 그 손에 들어오고, 주머니 안에서 정말로 푸른 돌이 나왔다. 나도 놀랐다.

할머니는 훌쩍 내게 다가와 내 얼굴을 유심히 들여다보았다.

"백사의 껍질이 어디 있는지 알겠느냐? 은거미줄은?"

"아니오. 모르겠어요."

환혼석은 어떻게 알았지? 짐작되는 건 하나였다. 환혼석이 보관소에 있어야 할 물건이기에. 이 할머니에게라면 보관소 얘기를 해도 괜찮을 것 같았다.

"저희 엄마가 보관소에 있대요."

"아하! 보관소의 핏줄은 보관소 물건이라면 자기 수족을 다루듯 알고 있다더니, 그게 사실이었구나."

할머니는 놀라지도, 무서워하지도 않았다.

"보관소의 핏줄이요? 저 그런 거 아니에요."

거부감이 들었다. 엄마와 딸이니까 피가 이어진 건 그렇다 쳐도 보관소랑 엮이는 건 싫었다.

"방금 네 스스로 증명하지 않았니?"

할머니가 묘한 웃음을 짓고는 왼손을 획 들었다. 긴 소매로부터 세찬 바람이 불어왔다.

"이제 나갈 수 있겠다!"

바람에 밀려 물건 더미 한쪽이 우르르 무너져 내리고 구멍이 생겼다. 할머니는 그리로 나가 나를 재촉했다.

"자, 도로 쌓기 전에 어서!"

어디선가 팔들이 나타나 물건을 쌓기 시작했다. 나는 허둥지둥 흩어진 물건들을 타 넘었다.

발을 헛디뎌 넘어졌다가 일어섰을 땐 물건은 이미 남김없이 쌓였고 할머니는 어디 갔는지 사라지고 없었다. 어둑한 가게는 손님 하나, 팔 하나 없이 고요했다. 나는 서둘러 입구로 향했다.

방수포를 걷고 나오자 별들이 무수히 반짝이는 밤하늘이 나를 맞았다. 나는 서늘한 가을밤의 공기를 한껏 들이마셨다. 아, 얼마나 답답했던지! 박하와 토영과 선왕은 어디 있을까?

고개를 돌리자마자 박하를 발견했다. 노점 앞 빈 공간에 쌓인 짐 더미 옆에 박하가 서 있었다. 어두워서 표정은 잘 보이지 않았다.

"박하……."

반가이 부르려다 멈췄다. 박하는 혼자가 아니었다. 짐 더미 옆 까만 그림자로부터 누군가 나타났다. 유슬이었다.

한밤의
추격전

"모르는 사이라니까요!"

박하가 뜬금없이 외쳤다. 그 말에 상황을 짐작했다. 나는 반가운 기색을 감추고, 최대한 모르겠다는 얼굴을 했다. 모르는 척하는 거라면 자신 있었다.

"그믐장에서 다친 사람이 있어서 같이 옮겨 준 것뿐이에요. 팔들의 노점엔 제가 필요한 게 있어서 온 거고요. 쟤랑은 아는 사이 아니에요! 밤이 늦었다고요. 집에 갈래요!"

"손바닥으로 하늘을 가리려 하는군."

유슬은 단박에 박하의 말을 쳐 냈다. 유슬은 엉망으로 잘린 머리카락을 짧게 다듬어 더욱 예민하고 날렵해 보였다.

옥상 위는 깜깜했고, 나는 유슬의 병풍들이 가까이 있다는 걸 뒤늦게 눈치챘다. 그들 옆에 선왕과 토영도 있었다. 다들 붙잡혀 버린

것이다.

"반사의 주문이 인간에게 걸려 있었다니."

유슬은 예민한 시선으로 나를 훑어보았다. 눈싸움하듯 그 시선을 맞받아쳤다. 주문에 대해 알아냈다면 함부로 칼은 놀리진 못할 것이다. 나는 손을 꽉 쥐고, 입술 안쪽을 꽉 깨물었다. 떨고 있다는 걸 들키고 싶지 않았다.

그때 팽팽한 긴장을 깨뜨리며 낯선 목소리가 들려왔다.

"내가 늦은 건 아니겠지요, 회장 대리."

비상구 쪽에서 낯선 남자가 걸어왔다. 그 사람의 등장과 함께 옥상 위의 공기가 뒤바뀐 느낌이 들었다. 유슬은 인상을 찌푸렸고 유슬의 병풍들은 긴장한 듯 몸을 곧추세웠다. 그리고 선왕과 토영은 귀신이라도 본 것처럼 얼굴이 창백해졌다.

"반가운 얼굴들이 많군. 이게 누구신가. 나의 사랑하는 동생 아니신가."

남자가 선왕을 향해 과장되게 팔을 벌렸다. 동생이라니? 첫째 형은 왕이니 여기 있을 리가 없다. 그럼, 추방당했다던 둘째 형?

선왕은 하얗게 질려서 억지로 쥐어짜듯 목소리를 내었다.

"……저는 죽은 자입니다. 저를 아는 척하지 않으시는 것이……."

"그래, 그 고루하기 짝이 없는 법도에 따르면 말이지. 죽어서도 지키고 계시다니 대단하십니다. 아, 토영. 너도 있구나. 하긴 키우던 개가 따라오지 않을 리 없지. 어허, 겁먹지 말거라, 나는 예전의 그 사람이 아니다. 이름도, 국적도 새로 받았지. 새 인생을 사는 기분이 참으로 좋구나."

남자의 말에는 가시가 있었다. 선왕과 토영은 그 가시에 찔린 듯 꼼짝하지 못했다. 남자는 내게로 시선을 돌렸다. 씩 웃는 얼굴에 소름이 끼쳤다. 선왕과 닮았으면서도 광기 어린 느낌이었다.

"마침 잘됐다. 어떻게 반사하는지 보고 싶었거든. 토영, 저 애를 베라."

뭐라고? 완전 미친 인간이잖아! 나는 뒷걸음질 쳤다. 그러나 옥상 끝 쪽에 포위되어 있어 갈 곳이 없었다.

"그럴, 그럴 수는, 없습니다."

토영은 말을 더듬었다.

"왜? 반사해서 네가 다칠까 봐? 궁에서 나오더니 충성심도 약해졌더냐? 아니면 네 주인이 죽었으니 이젠 호위도 아니라는 거냐?"

남자는 토영을 옆으로 밀어 버리고 선왕에게 다가섰다.

"동생아, 너는 살았느냐, 죽었느냐? 아무리 봐도 죽은 것 같진 않다만."

남자는 손을 내밀어 선왕의 머리카락을 세게 잡았다. 선왕은 작게 비명을 질렀다.

"그래, 넌 살아 있어. 내가 돌아왔으니 명명백백하게 밝힐 테다. 지금 그 보위는 거짓 위에 세워진 거라는 것을!"

"놓으십시오!"

토영은 반사적으로 남자를 밀어내고는 뻣뻣하게 멈췄다. 남자는 토영의 허리를 걷어찼다. 토영은 몸을 웅크리고 신음했다.

"이건 죽었어. 죽은 것을 어떻게 다루든 내 맘이다."

그 남자가 허수아비처럼 서 있는 선왕 쪽으로 다시 손을 뻗었다. 이번엔 목을 움켜쥘 기세였다.

안 돼! 나는 선왕의 팔을 당겨 내 뒤로 숨겼다. 남자가 웃음을 터뜨렸다.

"벌레만도 못한 것들이 아주 우습게들 노는군."

"그만하시오. 화풀이하러 시장에 들어왔소?"

유슬이 남자의 행패를 제지했다.

"화풀이? 회장 대리의 눈에는 내가 그리 한가해 보이나?"

유슬과 남자가 신경전을 벌이는 사이, 비틀거리며 일어난 토영이 내게 속삭였다.

"제가 막을 테니 전하와 피해 주십시오. 전하를 부탁드립니다."

피하라니, 어디로? 물을 새도 없이 싸움이 시작되었다. 토영은 단검을 뽑아 들고 선왕과 내 쪽에 선 유슬의 병풍을 단숨에 제압해 바닥에 쓰러뜨렸다.

나는 선왕의 팔을 잡고 도망갈 길을 찾았다. 차라리 팔의 노점으로 들어갈까? 옆 건물 옥상으로 건너뛸 수 있을까? 아니면……

딱 한 군데, 유슬과 저 미친 인간을 피할 길이 있었다.

"모라!"

박하가 이쪽으로 달려왔다. 아니, 왜! 끝까지 우기면 이 상황에서 벗어날 수 있을 텐데!

"아무래도 모르는 척하는 건 도리가 아닌 것 같아서 말이지."

박하는 억지로 웃어 보였다. 나는 박하에게 방금 발견한 탈출로를 가리켜 보였다.

"박하, 저리로 가자."

"저기는! ……그래, 다른 길이 없구나."

박하와 나는 선왕의 양쪽 팔을 붙들었다. 나는 선왕과 눈을 맞추었다.

"뛰어내릴 거야, 알았지?"

"무어라 했느냐?"

선왕은 그제야 정신을 차린 듯 되물었다. 나는 대답 대신 숫자를 세었다.

"하나, 둘, 셋!"

우리는 발을 굴러 옥상에서 뛰어내렸다. 목표 지점은 약 2미터 아래 돌바닥이었다.

"무슨 짓이야! 거기 가면 안 된다!"

유슬의 부르짖음이 들려왔다. 충고든 경고든 이미 늦었다. 우리는, 성벽 위에 올라와 있었다.

유슬과 그 병풍들은 우리를 따라오지 못했다. 남자가 유슬에게 뭐라 소리쳤고 유슬은 한 손을 들어 그 말을 막았다.

왱, 세찬 경보음이 성벽 위 스피커로부터 흘러나왔다.

"침입자들에게 경고한다. 그 자리에 멈춰라."

성벽 위 조명이 환하게 켜지고 초소로부터 제복을 입은 이들이 우르르 몰려나와 나와 선왕을 둘러쌌다. 성벽의 문지기들이었다.

우리는 숭례문 누각 안 사무실로 끌려갔다. 양쪽으로 넓은 창이 있어 한쪽으론 시장의 불빛이, 다른 쪽으로는 어둠에 잠긴 연못이 어렴풋이 보였다.

문지기들은 우리가 누구인지 알고 있었고, 우호적이지도 적대적이지도 않은 중립적인 태도로 우리를 대했다. 그러나 십 분도 채 지나지 않아 우리를 돌려보내라는 시장 상인회의 정식 요청서가 숭례문에 도착했다.

다행스럽게도, 문지기들은 자리를 비운 대장이 돌아올 때까지 그 요청에 대한 답변을 보류하겠다고 결정했다. 우리에게는 짧은 유예기간이 주어진 셈이었다.

감시를 맡은 문지기는 친절했다. 얇은 간이 매트와 담요도 주고, 문지기 대장은 새벽에나 올 터이니 잠깐 눈을 붙이라고도 했다. 맘 편히 잘 수는 없어 우리는 창가에 쪼그리고 앉았다.

"모라, 네가 팔한테 끌려 들어가자마자 유슬이 노점으로 들이닥치더라고. 토영을 손에 넣었으니 갈 줄 알았는데, 너에 대해 집요하게 묻는 거야. 그믐장에서 반사의 주문이 발동한 것도 봤느냐고 물어보고. 모른다고 딱 잡아뗐지. 이렇게 되었으니 소용없게 되었지만. 유슬 앞에서 이…… 분을 건드렸잖아. 나도 규칙을 어긴 거지."

박하는 한숨을 내쉬며 선왕을 돌아보았다.

"어, 물 쏟아져요."

선왕이 아슬아슬하게 들고 있던 물병에서 남은 물이 주르륵 흘렀다. 선왕은 손을 덜덜 떨고 있었다.

"작은형님을 다시 뵙게 되리라고는……."

선왕의 표정이 완전히 허물어졌다. 선왕이 벌떡 자리에서 일어나는 바람에 나는 뒤로 나동그라질 뻔했다.

"작은형님이 어째서 다시 이 나라에…… 그것도 시장에 오신 걸까. 나 때문인가? 나를 이용해서 왕좌를 찬탈할 계획일지도 모른다. 아! 모라, 그렇다면 나는 지금 죽는 게 낫겠다. 연못에 몸을 던져서……!"

"진정해, 어? 물 좀 마시고. 그래, 크게 숨 쉬어 봐. 어, 잘한다."

내 말에 선왕은 물을 한 모금 마시고 창문틀에 기대 눈을 감았다. 눈물 자국이 남은 얼굴은 피곤에 지친 어린아이 같았다.

박하는 선왕에게 들리지 않도록 내 귓가에 대고 속삭였다.

"아까 그 사람, 작은형님이라는 걸 보니 추방당한 둘째 왕자가 확실해. 잔인하기로 소문난 사람이야. 어렸을 때부터 궁에서 일하는 사람을 막 죽였대잖아. 유슬은 무슨 생각으로 추방자를 시장에 끌어들인 거지?"

나쁜 소식은 그것만이 아니었다. 그렇게 힘들게 구한 윤도도 고장 난 것이어서 쓸 수 없다고 했다.

새벽이 오면 어떤 일이 벌어질지 두려웠다. 유슬과 둘째 왕자. 그들의 손에서 어떻게 벗어날 수 있지? 내 주문을 활용할 방법은 없을까? 윤 사장의 생쥐들이라도 나타나면 도움을 청해 볼 텐데…….

"저, 그 반사하는 주문에 대해 좀 여쭤 봐도 되나요?"

우리를 감시하던 문지기가 말을 걸었다. 도저히 대답할 기분이 아니라 모르는 척했는데도 문지기는 잔뜩 들떠서 주문 이야기를 늘어 놓았다.

"시장에 온통 소문이 났더라고요. 어제 왕립도서관에서 하루 종일 그 주문에 대해 찾아봤어요, 마침 비번이었거든요. 자료가 꽤 있어요. 보통은 방패에 씌워 전쟁에 가지고 갔다지요. 궁의 해치에 주문을 씌워 불기운을 막는 데 썼다는 기록도 있고요. 상당히 고무적이지요. 물체가 아니라 기운을 막아 냈으니 말입니다."

"뭐가 고무적이라는 거예요?"

박하가 묻자 문지기는 우물쭈물 대답했다.

"그러니까, 그 주문으로 반사할 수 있는 게 많으니까요, 혹시 시장의 허기도 반사를……."

"말도 안 돼!"

내 가방 속에서 소리가 났다. 어째 참견 않고 잘 참는다 싶었다. 나는 까치를 꺼내 들었다.

"허기라니! 네가 맞서고 뭐 그럴 거면 날 폐지함에 넣어라. 차라리 그게 낫겠다."

까치는 깃털을 바짝 세우곤 부리를 딱딱거렸다.

"허기? 그거 옛날이야기 아냐? 누워서 먹으면 소 된다 그러는 것처럼."

박하는 할머니에게서 허기 이야기를 자주 들었지만, 진짜 있는 줄은 몰랐다고 했다. 까치가 혀를 찼다.

"시장 꼴이 말이 아니구나, 허기를 가볍게 여기다니! 허기는 말 그대로 배고픔이다. 시장의 물건이며 가게, 그리고 사람들까지 삼켜야 채워지지. 백 년 전에는 불의 모습으로 나타나 시장의 반을 태웠고 그 백 년 전에는 물의 모습이어서 시장의 반을 쓸어갔다고 한다. 그런 것을 네가 감당할 수 있겠니!"

까치가 저리 말할 정도면 허기 쪽으론 눈길도 안 주는 게 맞을 것이었다. 문지기는 미련을 못 버리겠는지 허기 말고 다른 것들을 막아 보는 실험을 해 보지 않겠느냐고 내게 제안했다.

"요즘 북문에는 두억시니들이 들어오려 한대요. 그래서 지금 우리 대장도 북문에…… 어?"

문지기가 퍼뜩 놀라며 자리에서 일어났다. 한쪽 귀를 막고 뭔가 듣는 듯하더니, 우리에게 소식을 전했다.

"대장이 돌아왔다고 합니다. 상인회 회장 대리를 앞에서 만났다고, 같이 올라오고 있다는데요?"

"작은형님도……, 작은형님도?"

겨우 진정했던 선왕은 다시 얼굴이 새파래져서 숨을 몰아쉬었다.

"성벽으로 나가게 해 주세요, 네?"

나는 문지기를 붙잡고 하소연했다. 문지기는 당혹스러워하며 성벽에 나가 봤자 시장으로 돌아가는 건 불가능하다고 말했다. 성벽 초소의 문지기들이 감시하고 있다는 것이었다.

"그래도 여기서 유슬과 마주치는 것보다는 나아요!"

내가 간절하게 부탁하자 문지기는 망설이다가 뒤로 돌아섰다.

"저는…… 못 본 걸로…… 깜박 졸은 걸로……."

"고마워요!"

박하와 나는 정신을 못 차리는 선왕을 끌고 성벽 길로 나왔다. 그러나 이미 늦었다. 뒤에서 우리를 부르는 소리가 났다.

"거기 서라!"

문지기들과 유슬, 둘째 왕자, 유슬의 병풍들까지 함께였다. 토영은 병풍들 사이에 끼어서 발을 질질 끌며 걷고 있었다. 저 나쁜 인간이 토영을 또 때린 걸까? 당장 가서 토영을 데리고 오고 싶었지만, 지금은 선왕이라도 안전하게 보호해야 했다.

"아무 데로나 가자, 옥상으로 못 올라가겠으면 창문을 깨서라도!"

그러나 우리의 시도는 해 보기도 전에 막혔다. 앞쪽 초소에서 문지기들이 나온 것이다. 앞으로는 문지기들, 뒤로는 유슬의 일행. 덫에 걸린 듯 옴짝달싹할 수 없는 그 순간에, 위쪽에서 쾌활한 목소리가 들려왔다.

"아, 모두 여기 계셨군요!"

윤 사장이 시장 건물 옥상에서 이쪽을 내려다보고 있었다. 윤 사장의 정보원들이 제 역할을 했구나!

"상인회 회장 대리를 만나 뵈어야 할 급한 일이 있어서 찾아왔습니다. 성벽에 올라갈 허가를 받기에는 시간이 촉박해서요. 아니, 저자는 추방당한 둘째 왕자 이헌이 아닙니까?"

윤 사장은 과장되게 둘째 왕자를 가리켰다.

"유슬, 당신이 저자를 성벽으로 데리고 왔습니까? 상인회 회장 대리가 상인회 몰래 추방된 범죄자를 성벽에 끌어들였다니, 믿을 수가 없군요."

"상인회와는 상관없습니다. 제 개인적인 일입니다."

유슬은 사무적인 어조로 윤 사장에게 말했다. 둘째 왕자 이헌은 재밌는 구경이라도 하듯 빙글거리며 윤 사장을 보고 있었다.

"개인적인 일이라면 더 큰 문제지요. 추방자와 무슨 일을 꾸미고 있는 거요? 설마, 반역입니까?"

"말조심하시오!"

유슬이 날카롭게 반응했다.

모두가 그 대화에 주목하고 있던 그때, 선왕이 돌발 행동을 했다.

"날 데려갈 생각하지 마세요, 차라리 남지에 몸을 던질 테니!"

선왕은 남지 쪽 성벽 담장으로 기어올랐다. 선왕은 위태롭게 휘청거리며 담 위에 섰다. 저러다간 진짜 성벽 밖으로 떨어질 것 같았다. 나는 선왕을 달래려 담을 올랐다.

그때 유슬의 병풍 중 하나가 내려오라고 외치며 줄을 휘둘렀다. 선왕에게는 닿지 않을 거리였지만, 선왕은 제풀에 놀라 휘청거리다 균형을 잃었다. 나는 재빨리 선왕의 허리를 붙잡았다. 내가 간과한 것은 내게 충분한 힘도, 선왕보다 나은 균형 감각도 없다는 사실이었다.

"모라!"

박하도 잘못된 선택을 했다. 박하는 담으로 올라와 나와 선왕을 붙들었지만, 두 사람의 몸의 무게를 박하 혼자 감당할 리 없었다. 그나마 다행히도 성벽은 비스듬히 기울어져 있었고, 우리는 수직 낙하하는 대신 성벽을 타고 굴렀다. 바닥으로, 성벽 아래 연못으로.

철퍼덕!

연못의 진흙과 연잎이 방석처럼 내 몸을 받아 주었다. 머리가 뱅뱅 돌고 두들겨 맞은 것처럼 온몸이 아파 겨우 숨만 내쉬는데, 박하가 나를 불렀다.

"이리로 와, 모라!"

사람 몸보다 큰 커다란 연잎 아래 박하와 선왕이 숨어 있었다. 나는 얕은 물 위로 굴러 몸을 옮겼다.

우리 셋 다 벽에 긁혀 손과 뺨이 까졌지만, 부러지거나 찢어지는 심한 상처는 없었다. 대신 까치가 난리였다.

"내가 다쳤다, 내가! 물에 젖었어, 이러다 찢어지겠어!"

"쉿!"

박하가 가방을 눌렀다. 우리는 연잎 아래에서 숨을 죽였다.

"당장 나오지 않으면 이것의 목을 베겠다!"

이헌의 목소리가 연못을 울렸다. 연잎 사이로 성벽 위가 보였다. 조명을 밝혀 환한 담 위로 토영이 끌어 올려졌다. 이헌은 힘없이 축 늘어진 토영을 무릎 꿇리고 검을 뽑아 들었다.

토영을 구하겠다며 연잎 밖으로 나가려는 선왕을 박하가 막았다.

"그러다 우리 다 잡혀요!"

휙 바람을 가르는 소리와 함께 연못에 불덩어리가 떨어졌다. 우리 앞쪽의 마른 연잎에 불이 붙었다.

"남지에 불을 질렀어! 미쳤어, 여긴 왕의 연못인데!"

박하가 놀라 소리쳤다. 나는 절망스러운 심정으로 성벽을 올려다 보았다.

그때 담 위에 꿇어앉아 있던 토영의 몸이 흔들렸다. 어? 유슬이 팔을 뻗어 토영을 앞으로 밀었다. 토영은 비스듬한 성벽을 타고 아래로 굴러 떨어졌다.

"내가 데리고 올게!"

나는 고민할 틈도 없이 연잎 사이에서 벗어났다. 불붙은 화살을 시위에 올린 궁수를 보자 도망가고 싶었지만, 참았다. 내게 걸린 주문이 의미가 있다면, 힘을 발휘할 수 있다면 지금이 써야 할 때였다.

"어디 내게 쏴 봐!"

반사하겠지! 안 하면? 할 거야! 아니면? 머릿속이 뒤죽박죽이어도 발은 움직였다. 나는 진흙 위를 걸어 성벽 아래 쓰러진 토영에게로 다가갔다.

성벽 위는 혼란스러웠다. 이헌은 불화살을 쏘라고 궁수를 재촉했고, 궁수는 거절했다.

"반사의 주문이 걸려 있으니 내 몸에 불화살이 꽂힐 거요!"

제대로 일어나지도 못하는 토영을 끌어안고 짐짝 옮기듯 한 발짝씩 걸어 나갔다. 성벽 위에 서 있는 이들의 시선을 느꼈다. 동시에 나를 보호하고 있는 주문 또한 뚜렷하게 의식했다. 지금 나는 한없이 약하고, 한없이 강했다.

나는 토영을 데리고 박하와 선왕에게로 돌아왔다.

"불이 번지기 전에 여길 빠져나가야 해. 일단 물로 들어가자. 가장자리로 지나가면 연못 반대편까지 갈 수 있을 거야."

박하가 앞장섰다. 선왕과 내가 토영을 양쪽에서 부축했다. 진흙에 발이 푹푹 빠져 걸음을 옮기기 힘들었다. 맹꽁이들은 미친 듯 시끄럽게 울어댔고 뒤쪽에서는 매캐한 연기 바람이 불어왔다. 연잎에 붙은 연기가 우리를 가려 주었다.

"조심해, 물이 깊어져."

박하가 경고했다. 나는 가방을 머리 위에 올리고 끈을 턱 밑에 묶어 고정했다.

세 걸음 만에 물이 어깨까지 찼다. 물은 지독히 차가워서 입에서 절로 앓는 소리가 나왔다. 그래도 물에 들어오자 토영을 데리고 가는 일이 한결 쉬워졌다. 등에 업듯이 토영의 팔을 내 어깨 앞으로 잡고 끌면 되었다. 선왕이 뒤에서 밀어 주었다.

"죄송……. 제가 직접……."

토영은 힘없이 끌려오면서 미안해했다.

"멈춰. 앞에 뭐가 있어."

박하가 손을 들었다. 거대한 뭔가가 검은 물 안을 헤집고 돌아다녔다. 내 몸만 한 붉고 흰 물고기였다. 눈은 내 손바닥보다 컸다.

"남지의 잉어다! 조심해라, 먹이로 닭을 통째로 던져 준다고 했다."

선왕이 말했다. 잉어가 입을 벌리자 촘촘하게 박힌 날카로운 이빨이 드러났다.

"잉어들이…… 연못 밖으로 데려다주겠다고 합니다."

토영이 내 등 뒤에서 속삭였다. 토영이 어떻게 잉어의 말을 알아듣는지 의아했지만 의심은 조금도 들지 않았다. 나는 토영을 믿었다.

"지느러미를 잡으라고 합니다……."

우리는 각자 한 마리씩 지느러미를 잡았고, 잉어들은 우리를 끌고 앞으로 나아갔다. 이대로 연못 반대편까지 갈 수 있겠다고 안심한 순간, 잉어가 몸통을 불쑥 위로 들더니 물속으로 돌진했다.

잠깐, 물로 들어간다고는 안 했잖아! 까치는 어쩌고! 머리가 물에 처박히기 직전, 나는 질끈 눈을 감았다.

"놓치지 마라!"

선왕의 목소리가 뽀글거리는 물 너머로 아스라이 들렸다.

"푸하!"

물 밖으로 나오자마자 숨을 들이켰다. 숨 막히기 일 초 전이었다. 박하와 선왕, 토영도 어푸 소리를 내며 수면으로 올라왔고, 우리를 데려다준 잉어들은 순식간에 물속으로 사라졌다.

"하, 여기, 그믐장 자리잖아?"

우리는 그믐장이 열렸던 철제 구조물 아래 물속에 떠 있었다. 조명이 꺼져 있어 사방은 어두웠고 곳곳에 붙은 초록 비상등만이 희미하게 빛을 밝혔다.

우리는 금속 파이프에 의지하여 겨우 구조물 위로 올라갔다.

"아하하! 남지의 물이 여기랑 연결돼? 몰랐지? 나도 몰랐어. 평생 시장에서 살았는데 몰랐다고!"

박하가 바닥에 누워 막 웃어 댔다. 토영이 박하의 팔을 거칠게 잡아당겨 일으켰다.

"안전한 데를 찾아요, 빨리! 단명소는 나중에 가더라도, 안전한 곳으로!"

"아프잖아, 놔!"

박하가 뿌리치자 토영은 힘없이 자리에 주저앉았다. 토영은 숨을 거칠게 몰아쉬며 전하가 위험하시다고 중얼거렸다. 선왕은 토영의 앞에 앉아 눈을 마주치려 애썼다.

"토영, 정신 차려라. 이제 안전하다. 나를 보거라."

"제가…… 전하를…… 지켜 드려야……."

토영은 울고 있었다. 토영의 울음소리가 어두운 지하에 울렸다.

"옷이 있어. 대충 갈아입자."

박하와 나는 그믐장 쓰레기통에서 옷 무더기를 찾아냈다. 그믐장의 쓰레기답게 가격표도 떼지 않은 새 옷들이었다. 푹 젖은 겉옷을 벗고 두툼한 카디건을 걸치자 그나마 추위가 가셨다.

가방도 다 젖었다. 수첩이며 꽃시장에서 받은 제비꽃도 물로 엉망이 되었고 까치도 흠뻑 젖었다.

"하다하다 물에 뛰어들다니……. 날 말려라. 책 사이에라도 끼워서."

까치가 쉰 목소리로 중얼거렸다. 나는 쓰레기통에서 두꺼운 책을 찾아 거기 까치 그림과 제비꽃을 끼웠다.

토영과 선왕도 새 옷으로 갈아입고 나타났다. 선왕은 앉지도 않겠다는 토영을 엄하게 달래 접은 종이 박스 위에 눕혔다. 토영은 눕자마자 기절하듯 잠에 빠져들었다.

선왕은 묵묵히 옷을 말아 토영의 머리 밑에 대 주었다. 곧 선왕이 입을 열었다.

"작은형님은 토영의 손가락을 자르려 한 적도 있다. 그저 재미 삼아서. 그때도 토영은 참았지. 그러나 형님이 나를 괴롭힘의 대상으로 삼았을 땐…… 토영이 무엇을 어떻게 할 수 있었겠느냐. 그저 고통스러워하기만 했지. 보다 못한 형님의 호위가 형님을 말렸고, 형님은 그를 용서하지 않았다."

"혹시 설마, 죽인 거야?"

나는 조심스레 물었다. 선왕의 머리채를 잡고 토영을 걷어차던 그 잔인한 인간이라면…….

선왕은 힘겹게 고개를 끄덕였다.

"작은형님은 일부러 토영의 앞에서 그 일을 저질렀다. 그 뒤로 토영은 작은형님의 그림자 보는 것도 두려워했다. 하물며 아까 같은 상황에서야 두렵지 않았겠느냐."

잠든 토영이 추운 듯 몸을 떨었다. 박하가 남은 옷들을 가져다 토영을 덮어 주었다.

나는 성벽에서 보았던 것을 떠올렸다.

"아까 유슬이 토영을 놔줬어."

선왕의 이야기를 듣고 나니 그 장면이 다르게 해석되었다. 이헌은 분명 토영을 괴롭혔을 테니 유슬은 그게 싫어서 토영을 우리에게 보냈을지도 몰랐다.

"그랬구나, 상인회 회장 대리가……. 그이가 더 토영을 위해 주는구나. 나는 작은형님이 아무리 토영을 괴롭혀도 나중에 약을 발라 주는 것밖에 못 했지. 지금도 마찬가지다. 죽어서까지도 이 아이를 힘들게 해. 이리 무력하게…….”

선왕이 말을 삼켰다. 아니면 눈물을.

“나는 무엇도 스스로 해 본 적이 없다. 아버님의 장례를 치르고 대관식을 치르던 때에도 마찬가지였다. 남들이 입혀 주는 대로 입고, 가르쳐 주는 대로 절하고, 읽으라는 것을 읽었지. 정신 차려 보니 왕이 되어 있더구나. 왕이 되어도 다를 건 없었다. 누구도 내게 기대하지 않았으니. 그저 매일 외로웠고 슬펐기에, 큰형님께서 돌아왔을 때는 마냥 기뻤다. 금빛 곤룡포를 걸친 내가, 전장의 먼지와 피가 묻은 큰형님의 옷자락 아래 숨었지. 여기서도 너희가 이끄는 대로 따르기만 하는구나. 얼마나 무능한 왕이었던지, 무능한 인간인지. 이제는 이름을 자르는 죄까지 저지르려 하는구나. 내가 이리 약하지 않았다면 달랐을 것이다.”

선왕은 고개를 숙이고 토영의 손을 감싸 쥐었다. 서글픈 모습이 보기 싫었다. 자신을 깎아내리는 말도 듣기 싫었다. 나는 치밀어 오른 말들을 뱉었다.

“네가 달랐으면, 그 왕 노릇을 잘했으면 상황도 달라졌겠지. 근데 그래서, 그게 뭐? 지금의 너는 이렇고, 그게 너야.”

사실은 내게 하고 싶은 말이었다.

내게 주문이 걸려 있지 않았다면 시장 밖에선 눈치 볼 일 없었을 거고 시장에선 쫓길 일 없었겠지. 하지만 그런 상상을 해 봐야 소용이 없다. 지금의 내가 나다.

성벽에서 떨어지고, 연못물에 처박히고, 진흙투성이로 시장 지하 구석에 쪼그리고 앉아 있는 나. 주문이 폭주해서 아무거나 다 반사하는 바람에 곤란을 겪고 있는 나.

불과 며칠 전만 해도 내가 이런 일을 경험할 거라 하면 무슨 망상이냐고 코웃음을 쳤겠지. 아무 준비 없이 닥친 상황이었다. 그리고 나는, 우리는…….

"우린 나름 최선을 다했어. 누구도 우릴 비난하지 못해. 그거야말로 반사할 거야. 그리고 이름을 자르는 게 왜 죄야? 이름은 자기 건데."

선왕은 몸을 홱 일으키더니, 지금까지 본 모습 중에서 가장 격렬한 어조로 말했다.

"너는 그리 말할 수 있겠지. 너는 자유로우니까! 나는 그렇지 않다. 내 이름은 나만의 것이 아니다. 내 이름에는 이 나라의 역사가 새겨져 있다! 그 무게를 감당해 온 이름이란 말이다!"

반박하고 싶었다. 내가 자유롭다고? 주문을 뒤집어쓰고 사는 게 어떤 건지 알기나 해? 그러나 나는 참았다. 날 숨기기 위해 억지로 누르는 게 아니라, 선왕에게 진짜 하고 싶은 말을 하기 위해 참았다.

"근데, 그렇게 대단한 이름을 자르기로 결심한 거잖아, 바로 네가."

선왕은 눈을 크게 떴다. 동그랗고 맑은 눈에 파도가 치듯 감정이 일렁였다.

"……그렇다."

선왕은 울지 않았다. 그저 어딘가 먼 곳을 보듯 아득한 눈길을 어둠 속으로 던졌다. 가족과 집과 가진 모든 것을 잃고 낯선 자리에 남겨진 소년의 모습이었다. 선왕이 겪은 일을 다 들었으면서도, 지금에야 비로소 선왕을 이해할 것 같은 기분이 들었다.

가라앉기 싫어서, 과장되게 말했다.

"이름을 자르면 그 미친 인간하고도 인연이 끊기는 거야. 그건 좋지 않아?"

그래도 가족인데 너무했나. 그러나 선왕은 작게 웃음을 터뜨렸다.

"그런 생각은 안 해 봤다."

우리는 토영을 깨우지 않을 정도로 조용히, 마주 웃었다. 웃고 있으려니 이 상황도 최악은 아닌 것 같았다. 유슬과 이헌은 우리가 여기 있다고는 상상도 못 할 테니까. 한결 가벼워진 마음으로 나는 선왕에게 물었다.

"그래서, 이름이 도대체 뭔데?"

"무어라 했느냐?"

선왕은 세상에 무슨 그런 질문이 있냐는 듯 놀랐다. 그래, 누가 왕에게 이름을 물어봤겠나. 나는 그저 물끄러미 선왕을 바라봤고, 선왕은 비밀을 털어놓듯 나지막하게 소곤거렸다.

"채……, 이채."

"이름 예쁘다."

진심으로 칭찬했다. 그렇게 무겁고 의미 있는 이름에겐 너무 가볍고 하찮은 칭찬일지 모르겠지만, 선왕은—이채는 내 말에 희미하게 웃었다.

토영은 곧 깨어났다. 어리둥절한 표정으로 눈을 몇 번 깜박이더니, 토영은 화들짝 몸을 일으켰다.

"전하는 어디 계십니까!"

타이밍 딱 맞춰 이채가 나타났다. 양손 가득 음식 더미를 들고서.

"이거 봐라, 저쪽에서 주웠단다! 아주 멀쩡해!"

이채는 뿌듯한 표정으로 샌드위치며 주스, 푸딩을 바닥에 내려놓았다.

토영은 이채가 남이 버린 음식을 몸소 들고 왔다는 것에 충격을 받은 모양이었지만 박하와 나는 칭찬을 아끼지 않았다.

"잘 가져왔네. 나 진짜 배고파."

우리는 이채가 가져온 음식을 먹으며 어떻게 할지를 의논했다. 유슬에다 그 미친 왕자까지, 우리를 감싼 그물이 점점 조여들고 있으니 한시라도 빨리 단명소를 찾아야 했다.

"모라, 박하. 너희에게 신세를 지는 것이 옳은지 모르겠구나. 상황이 이리 어려워졌으니……."

이채가 말끝을 흐렸다.

"우린 운명 공동체야. 앞으로 뚫고 나가는 수밖에 없어."

나 혼자 빠져나갈 생각은 아예 머릿속에서 지워 버렸다. 나는 이 채와 토영이 무사히 시장을 나가는 모습을 꼭 보겠다고 결심했다. 결의에 찬 건 박하도 마찬가지였다.

"이렇게 된 이상 단명소에 가고야 말겠어요. 암시장에 연을 대서라도 윤도를 구한 다음에……."

"그랬다간 너와 네 가족이 시장에서 쫓겨날 테다."

책 틈에서 웅웅대는 목소리가 들려왔다. 나는 얼른 까치를 꺼내들었다. 조금 번진 부분이 있긴 했지만 거의 말랐다.

"암시장 말고 다른 방안이 있어? 까치 너도 아는 게 있음 말해 봐."

박하가 까치에게 물었다. 까치는 바로 답을 내놓지 않고 망설이듯 부리를 똑똑 부딪쳤다.

"누군가 들어옵니다."

토영이 갑자기 자리에서 일어났다.

그믐장으로 들어오는 길에 허우적대는 형체가 나타났다. 움직임이 자연스럽지 못해 껍데기인가 싶었는데, 사람이었다. 품에는 검은 보따리를 꼭 안고 있었다.

"거기 누구 없어요? 물건 좀 사 가세요! 아무도 없나요?"

그 사람은 소리치며 우리가 숨은 통로를 지나쳐 그믐장 안쪽으로 걸어 들어갔다.

"장이 파한 지가 언젠데 이제 와서 물건을 팔겠대? 안 엮이는 게 좋을 거 같아. 짐 챙기고 나가자."

박하가 작게 말했다. 우리는 젖은 옷과 가방을 챙겼다. 까치와 제비꽃은 두꺼운 종이 사이에 넣어 구겨지지 않게 했다.

막 물가 길로 나갔을 때였다.

"아! 거기! 사람이 있었네!"

그 사람은 단숨에 우리에게 뛰어와 왜 그믐장이 안 열리느냐고 물었다.

"그믐은 벌써 이틀이나 지났어요. 한참 늦었네요."

박하가 경계심을 드러내며 대답했다. 그 사람은 박하의 말대로 좀 이상했다. 뺨이며 손에 길고 가는 상처가 가득 나 있고 옷도 여기저기 찢어져 있었다.

"그럴 리가……. 안 돼, 더 이상은 못 참아!"

그 사람은 충혈된 눈을 희번덕거리다가 들고 있던 보따리를 우리에게 내밀었다.

"이거, 팔게요. 당신들이 사요! 꽃시장에서 산 건데 환불도 안 된다 하고 폐기도 안 된다잖아요!"

그 사람은 다짜고짜 보따리를 내 품에 안겼고, 나는 본능적으로 뿌리쳤다. 보따리가 바닥에 떨어지자 '쨍그랑!' 깨지는 소리가 났다. 그 사람이 비명을 질렀다.

"어떻게 해! 항아리가 깨졌어!"

보따리의 매듭 아래 벌어진 틈으로 가느다란 것이 기어 나왔다. 뱀인가? 아니, 줄기였다. 손가락 한 마디만 한 짧은 잎이 드문드문 붙은, 초록과 갈색의 식물이었다. 줄기 끝 덩굴손이 더듬더듬 길과 건물을 툭툭 치며 뻗어 나갔다.

그 자리에 있는 모두가 얼어붙은 듯 멈췄다.

덩굴손은 마침내 목표물을 발견했다. 덩굴손은 순식간에 음식물 쓰레기통으로 뻗어 가 근처를 얼쩡거리던 생쥐를 휘감았다. 뒤이어 반쯤 풀린 보따리 안에서 붉은 꽃이 모습을 드러냈다. 화주가 벌레를 먹였던 꽃과 같은 종류이지만 훨씬 크고, 붉고, 징그러웠다. 덩굴손이 생쥐를 끌어와 그 꽃 위에 떨어뜨리자 꽃이 생쥐를 삼켰다. 으드득, 끔찍한 소리가 났다.

우물대던 꽃이 움직임을 멈추자 덩굴손은 다시 먹이를 탐색하기 시작했다. 아차, 하는 사이에 덩굴은 빠르게 다가와 내 오른쪽 다리를 감았다.

"악!"

발버둥 칠 필요도 없었다. 덩굴은 감전된 것처럼 튕겨 나갔다. 반사됐어, 난 안전해! 기쁨은 짧았다. 튕겨 나간 덩굴이 박하의 팔에 감긴 것이다.

토영이 잽싸게 단검으로 덩굴을 끊고 풀어 주지 않았더라면 박하는 꽃 쪽으로 끌려갔을지도 모른다. 박하의 팔에는 채찍으로 얻어맞은 것처럼 길게 피멍이 들었다. 보따리 주인의 얼굴에 난 상처와 똑같았다.

"솔직히 말해라, 시키는 대로 하지 않았지? 가게에서 알려 준 재배

방법을 어긴 게야!"

까치가 다그치자 보따리 주인이 울먹이며 말했다.

"벌레를 먹이니 잘 안 자라서…… 좀 큰 것을 줘 봤는데…… 저렇게 컸어요, 그리고 막 공격을 하고…….."

"살 맛을 봤으니 폭주하는 게로구나! 어리석은 인간 같으니!"

까치의 말이 끝나기가 무섭게 보따리로부터 수십 개의 덩굴손이 뻗어 나왔다. 토영이 단검으로 쳐 냈지만, 끊어진 덩굴손들은 죽지 않고 꿈틀꿈틀 기어왔다.

"악! 저리 가!"

박하와 이채는 팔과 다리에 붙은 덩굴손을 잡아 뜯었다. 나도 같이 뜯어냈지만 너무 수가 많았다. 두 사람의 몸에 상처가 나는 것을 실시간으로 보고 있자니 미칠 것 같았다. 나는 멀쩡했기에 더 그랬다.

"모라, 보관소를 불러! 거기 맡겨라!"

까치가 깍깍댔다. 보관소를 어떻게? 내가 어떻게 불러?

나는 그저 필사적으로 본 적 없는 엄마를 향해 속으로 외쳤다. 이거 맡기고 싶어요, 도와줄 수 있다면 도와줘요, 제발!

쾅! 엄청난 소음에 온몸이 울렸다. 나도 모르게 눈을 질끈 감았다가 떴다. 뿌연 먼지 속에 콜록대는 박하와 이채, 그리고 그 앞에 우리를 보호하려고 몸을 던진 토영이 보였다.

"이게 뭐야……?"

그믐장 입구에 2층 건물이 나타났다. 분명 빈 공간이었던 곳에, 처음부터 그렇게 지어진 것처럼 붉은 벽돌 건물이 세워져 있었다.

우리에게 달라붙던 덩굴손들이 힘을 잃고 툭툭 떨어졌다. 그 건물이 꽃을 보따리째로 뭉개 버린 것이다. 그러나 안심하긴 일렀다. 건물 바닥으로부터 가는 덩굴손 하나가 끈질기게 뻗어 나왔다.

나는 철문을 잡아당겼다. 아주 무겁고 빽빽해서 온 힘을 다해 당겨야 했다. 곧 문이 열리고 몇 년은 묵은 것 같은 냉기가 쏟아져 나왔다.

"빨리! 들어가!"

내 말에 모두 문 안으로 뛰어 들어갔다. 눈을 휘둥그레 뜬 보따리 주인의 모습을 뒤로 하고, '쾅!' 문이 닫혔다.

예상치 못한
재회

텅 빈 넓은 홀이었다. 나무판자로 막힌 창문으로부터 약한 빛이 새어 들어와 어두컴컴한 바닥에 선을 그렸다. 입구 정면 쪽 벽 앞에는 꽤 넓은 책상이 있고 그 위에 작은 등 하나가 켜져 있었다.

"드디어!"

바르르 떨리는 까치의 목소리를 덮으며 삐걱, 나무 바닥 밟는 소리가 났다.

홀 저편 어둠에서 한 여자가 걸어 나왔다. 키가 컸고, 어깨에 닿은 단발머리는 엉클어진 곱슬이었다. 앞머리 쪽에 흰머리가 섞여 머리카락만 보면 퍽 나이 들어 보였다.

머리보다 심장이 먼저 반응을 했다. 심장이 쿵쾅대며 미친 듯이 빠르게 뛰었고 얼굴에 열이 올랐다. 처음부터 나는 당연히 엄마를 알아볼 수 있을 거라고 믿었고, 정말 그랬다.

엄마, 엄마였다.

그 외 모든 게 예상과 달랐다. 엄마도 나를 알아볼 거고, 그리고…… 당황할 줄 알았다. 반가워하지는 않더라도 놀랄 줄 알았는데.

"모라, 안녕."

저렇게 아무렇지 않게 인사를 하다니.

"모라, 아는 사람이야? 여긴 어디야?"

박하가 내게 속삭였다. 여기는……. 나는 차마 그 단어를 내뱉을 수가 없었다. 이렇게 갑작스레 도착하리라곤 맹세컨대 상상도 못 했다. 숨겨져 있다고 하지 않았나?

"물품보관소다!"

까치가 말했다. 나는 그 말이 미칠 파장이 보기 두려워 눈을 내리깔았다. 박하와 이채가 헉 숨을 들이마시는 소리만 들었다.

"뭘 끌고 들어온 거냐."

엄마가 내 발치를 가리켰다. 잘린 덩굴이 운동화 끈 사이에 끼어 있었다. 나는 신발에 붙은 덩굴을 마구 밟아 떼어 냈다. 덩굴은 보관소 안에서는 힘이 약해진 듯 축 늘어졌다.

"그걸 맡기려 보관소를 부른 거냐?"

엄마가 내게 물었다. 나는 내 귀를 의심했다. 지금 그게 나한테 할 말이야? 할 말을 잃은 나를 대신해 박하가 나섰다. 박하는 꿈틀대는 덩굴을 주워 들고는 바짝 긴장한 채로 말했다.

"여기가 정말 물품보관소라면, 이 덩굴을 맡기겠습니다."

엄마는 긴 책상으로 가더니 손바닥만 한 종이와 볼펜을 내어 놓았다. 종이에는 이름과 물건, 날짜를 쓰는 칸이 있었다. 내가 볼펜을 집자 엄마는 막았다.

"너는 맡길 수 없어. 보관소의 핏줄이니까."

허, 말문이 막히고 가슴의 기분 나쁜 두근거림이 거세졌다.

"내가 맡겨도 되겠느냐? 보관소에 물건을 맡기다니, 책 속에 들어온 것 같구나."

이채가 적극적으로 나서자 토영은 안절부절못했다. 그러나 걱정이 무색하게 엄마는 이채도 거절했다.

"죽은 자는 맡길 수 없다."

이채는 시무룩하게 물러섰다. 토영은 슬며시 책상 위에 손을 올렸다가 엄마의 눈치를 보곤 도로 내렸다.

결국 박하가 볼펜을 잡고 보관증의 빈칸을 채웠다. 엄마는 두툼한 장부에 보관증의 내용을 옮겨 적더니, 덩굴을 들고 책상 뒤 벽의 작은 문으로 들어갔다.

박하는 보관증을 쓰던 자세 그대로 볼펜을 잡은 채 책상 위에 엎드렸다.

"내가 보관소에 와서 물건을 맡기다니……."

충격 받은 건가 싶었는데, 박하는 윗몸을 확 일으켰다.

"정말 대박이야! 아무도 못 믿겠지! 내가 보관소에! 이 보관증, 기념으로 가져도 돼?"

"보관소엔 갈 생각조차 하면 안 된다며?"

나는 얼떨떨하게 되물었다.

"밖에서야 그랬지! 그래도 보관소에 들어올 기회가 있다면 그 누가 마다하겠어? 모라! 정말 너 보관소 핏줄이야? 저 사람하고는 무슨 관계야?"

결국 이 질문을 들어 버렸다. 폭탄을 터뜨리는 심정으로 대답했다.

"……엄마야."

"뭐라고!"

박하가 입을 딱 벌렸다. 나는 눈을 내리깔고 변명하듯 빠르게 말을 뱉었다.

"말 못 해서 미안. 나도 실감이 안 나서 그랬어. 갓난아기 때 이후로 엄마를 본 적이 없고, 이런 주문이 걸려 있다는 건 지난주까지도 몰랐거든. 엄마가 건 주문이라고 해서 엄마를 찾아서 시장에 온 거야."

이채는 어쩐지 범상치 않았다며 감탄하듯 손뼉을 쳤다. 배신감 같은 건 하나도 못 느끼는 해맑은 얼굴이었다.

"까치도 보관소에 맡겨진 그림이었던 것이냐?"

이채가 묻자 까치가 딱 잘라 대답했다.

"아니다! 화공들이 여기 맡길 그림을 급히 포장하는 바람에 옆 탁자에 있던 내가 딸려 들어간 거다. 그 그림은 바로……."

까치는 부리를 작게 열어 엄청난 비밀을 발설하듯 속삭였다.

"도솔의 십이지신."

이채는 까치가 만족할 만한 반응을 했다.

"그 십이지신 그림이라면, 액막이 그림? 그럼 너도 그 화공이 그린 그림이로구나! 어쩐지!"

까치는 뻐기듯 가슴 털을 부풀렸다.

"그래, 열두 괴수들에게 들키지 않으려 꼼짝도 못 하고 긴 시간을 보냈지. 그런데 어느 날, 포장이 풀리고 빛이 들어온 거야. 현아가 날 꺼내 준 거지. 현아는 날 제일 아꼈어. 보관소엔 나같이 멀쩡하고 이성적인 존재는 거의 없었거든."

"아이고, 맙소사."

박하는 새로운 정보를 소화하기 벅찬지 머리를 부여잡았다. 나 역시 처음 듣는 얘기들이었다.

곧 엄마가 돌아왔다. 엄마는 단조로운 말투로 더 맡길 것이 있냐고 물었다. 낌새가 이상했다. 설마, 나가라고 하지는…….

"볼일이 없다면 나가라."

"볼일 있어요!"

나는 와락 외쳤다. 당연히 볼일이 있어야 하는 거 아닌가? 내가 어떻게 살아왔는지는 하나도 안 궁금한가? 하다못해 아빠 안부라도 물어야 하는 게 아닌가?

엄마가 그 무엇도 하지 않았기 때문에 나는 유일한 화제를 꺼낼 수밖에 없었다.

"나한테 걸어 놓은 주문이요. 그거 없애러 온 거예요!"

그 말은 효과가 있었다. 엄마는 미세하게 눈썹을 찌푸리더니 안에서 얘기하자고 말했다.

엄마가 앞장서 들어간 곳은 홀 한 켠, 보건실에 있는 것 같은 이동식 칸막이를 둘러 만든 작은 공간이었다. 낡고 짝이 안 맞는 물건들이 대충 놓인 모습이 피난민의 임시 거처 같았다.

"저기, 보관소 물건들 좀 구경해도 되나요?"

박하는 칸막이 안으로 들어오지 않고 꽤나 용감한 질문을 던졌다.

"창고 말이냐. 문밖에서만 봐야 한다."

"안에는 안 들어갈게요! 가요, 전하!"

박하는 재빨리 말하고 칸막이 너머로 사라졌다. 이채는 기다렸다는 듯 박하를 따랐다.

"……어차피 못 들어간다."

엄마가 한 박자 늦게 말했다.

"혼자 괜찮겠습니까?"

토영이 내게 물었다. 내가 고개를 끄덕이자 토영은 못 미덥다는 듯 머뭇거리다 물러났다.

엄마가 전기 주전자에 물을 끓이는 동안 나는 이 상황을 이해하려 애썼다.

생각해 보자. 십 몇 년 만에 만난 딸을 대하는 자세로 옳은 것은?

1. 울음을 터뜨리며 끌어안는다.

2. 귀신이라도 본 것처럼 소스라친다.

3. 안녕, 말하고 차를 대접한다.

엄마는 따뜻한 김이 피어오르는 유자차를 내 앞 탁자에 내려놓더니 묵묵히 자기 몫의 차를 마셨다.

많은 대화를 하게 될 줄 알았다. 학교에서 선생님이 보여 준 이산가족 상봉 동영상처럼 '내 딸 맞구나!' 하고 울거나, 아니면 내가 엄마 딸이 맞다는 걸 증명하기 위해 뭐라도 해야 할 줄 알았다. 아빠의 이름을 대고, 어디 사는지, 또 생일은 언젠지, 어린 시절 까마득한 기억을 박박 긁어 뭐라도 말하고.

지금, 내가 자기 딸인 걸 알고는 있는 거지?

"그건 왜 가져왔지?"

엄마가 입을 열었다. 내가 무릎 위에 얹어 둔 까치 얘기였다. 나보다도 까치에게 관심이 있단 말이야?

"현아……"

까치가 힘없이 엄마를 불렀다.

"나를 아느냐?"

"……어린 너를 알았지."

까치는 거의 울 듯했다. 그게 끝이었다. 엄마는 까치에게서도 관심을 거두고 단번에 본론으로 들어갔다.

"주문을 없앨 수는 없다."

"왜요? 이것 때문에 내가 사는 게 얼마나 복잡한지 알아요?"

"그래도 안 된다."

하……. 맥이 풀렸다. 뭐든 흡수하는 거대한 벽 앞에 서 있는 기분이었다. 아무리 공을 던져도 튕겨 내기는커녕 쑥 삼켜 버리는 그런 벽. 내겐 던질 공이 많지도 않았다.

"도대체 이런 건 왜 걸어 놓은 거예요?"

"그 주문……. 그 주문은…… 기억이 안 난다."

엄마가 머리가 아픈 듯 마른 손으로 관자놀이를 짚고는 자리에서 일어났다.

"나는 자야겠다. 안에서 잘 거면 그렇게 해라."

"잔다고요? 아니, 잠이 와요?"

황당해하는 날 두고, 엄마는 간이침대에 올라가 그대로 등을 보이고 누웠다.

"가자, 모라. 안쪽에 방이 있다."

까치가 풀 죽어 말했다.

홀 안쪽으로는 살림집 같은 공간이 있었다. 화장실과 부엌은 엄마가 쓰는 듯 간소하게나마 생활의 흔적이 있었지만, 나머지 방은 오래 비워 두었는지 큰 가구에는 천이 덮여 있고 바닥에는 서리처럼 먼지가 쌓여 있었다.

우리는 잘 방을 골라 간단히 청소를 하고 남지의 진흙이 묻은 옷들을 세탁기에 돌렸다. 따뜻한 물로 씻기도 했다. 이채는 오랜만에 방에서 자겠다며 기뻐했다.

박하는 창고 문간에서 본 것들에 대해 신나서 이야기했다.

"진짜 넓어. 그릇장이며 이불장이며, 반닫이에 뒤주까지 물건을 담아 두는 가구란 가구는 다 있는 듯해. 거기 뭐가 들어 있을까? 어마어마하고 무시무시한 것들이겠지? 근데 모라 넌 왜 보관소를 찾으려고 했어? 이렇게 불러오면 되는걸."

박하가 물었다. 당연히, 이럴 수 있을 줄 몰라서였다. 까치는 뻔뻔스럽게도 현아의 딸이라면 당연히 부를 수 있을 거라 생각했다며 시치미를 뗐다.

"와, 보관소의 핏줄이랑 같이 다닌 거였다니⋯⋯. 보관소 사람은 엄청 무시무시할 줄 알았어. 너처럼 평범할 줄이야. 음, 그 주문이 있으니 평범한 건 아닌가. 근데 넌 어쩌다 시장 밖에서, 그것도 아예 저쪽에서 자랐어? 내가 알기론 보관소를 지키는 사람들은 평생 보관소 안에서 살아야 한다고 했거든."

"나도 몰라."

모르는 게 얼마나 많은지만 겨우 알겠다. 그러고 보니 아빠와 엄마가 어떻게 만났는지도 모른다. 그건 까치가 말해 주었다.

"네 아빠가 물건을 맡기려 들어왔더랬지. 보관소는 숨겨져 있지만 아주 가끔 무작위로 열리곤 했거든. 네 아빠가 들어와 물건을 맡겼고, 그 대가로 네 엄마를 데리고 나가 준 거다. 그때 현아는 나를 챙겨 함께 나갔지."

아빠가 보관소에 물건을 맡겼단 사실은 허무맹랑하게 들렸다. 아빠가 위험한 물건을 가지고 있었다는 뜻 아닌가. 아까 그 덩굴처럼 인간의 힘으로 다룰 수 없는 물건을, 아빠가, 내 아빠가?

"현아는 달라졌어. 내가 알던 예전의 현아가 아니다."

까치가 날개를 축 늘어뜨리고 말했다.

"그치? 저 모습이 보통인 건 아니지? 저건 진짜 이상하잖아? 그냥 아는 애도 십 몇 년 만에 보면 반갑겠다. 난 딸이잖아, 자긴 엄마고! 이렇게 될 거면 안 왔어, 이딴 식으로……."

나는 여전히 엄마를 만난 충격에서 헤어 나오지 못했다. 어떻게 저럴 수 있어? 엄마는 꼭 내가 아무것도 아닌 것처럼 대했다. 하나도 보고 싶지 않았던 것처럼. 아예 잊고 있었던 것처럼.

"그 주문을 없애겠다는 거 진짜야? 아까운데. 쓸모가 많잖아."

박하가 물었다.

분명히 쓸모 있기는 했다. 남지에서 토영을 구했을 때는 온몸에 전율이 흐를 정도로 보호받는다고 느꼈고, 아까 덩굴이 내게 상처를 입히지 못한 것도 주문 덕분이었다. 그러나 튕겨 나간 덩굴은 박하에게 붙지 않았던가. 내가 박하에게 던진 거나 마찬가지였다. 또한 유슬과 약장수 괴물의 경우처럼 원치 않는 순간에 주문이 발동되면 위험이 더 컸다.

그리고, 더 큰 이유가 생겼다.

"……엄마가 해 놓은 거라는 게 싫어."

엄마는 이 주문을 건 이유조차 잊었다. 나는, 그래도 계속 생각했
는데. 아빠에게 물어보진 못했어도 언제나 엄마를 궁금해했는데. 괜
히 왔다. 엄마와의 재회는 완전히 실패였다. 아빠가 너무 보고 싶었
다.

"음— 음— 음—."

잠결에 희미한 흥얼거림이 들려와 눈을 떴다. 아직 캄캄했고, 건너
침대에서는 박하의 고른 숨소리가 들려왔다.

나는 홀로 방을 나와 노랫소리를 찾아 걸었다.

소리는 책상 뒤 문 안에서부터 흘러나왔다. 나는 창고 문 안으로
들어서고 나서야 들어갈 수 없을 거라던 엄마의 말을 떠올렸다.

안은 어두웠지만 한곳에서 흘러나오는 빛이 있었다. 엄마가 머리
에 쓴 헤드라이트였다 .

엄마는 긴 나무 벤치에 앉아 천으로 금속 그릇을 닦으며 흥얼거리
고 있었다. 엄마가 닦는 그릇에서 반딧불이 같은 불티가 춤추듯 떠올
랐다. 위로, 더 위로.

천장이 어떻게 저렇게 높을 수 있단 말인가.

노랫소리가 뚝 멈추었다. 불티가 한데 모이더니 팡, 불꽃놀이처럼
퍼져 나갔다. 창고의 모습이 환하게 드러났다. 장과 농들이 끝이 보

이지 않을 만큼 길게 이어져 있었다.

"들어왔구나."

얼빠진 내게 엄마가 말했다. 엄마는 아까보다는 훨씬 사람 같았다.

엄마는 그릇을 서랍장에 넣고 기다란 함에서 놋주전자를 꺼냈다.

"오늘은 금요일이니까 쇠로 된 것들을 닦지. 내일은 토요일이니까 흙으로 빚은 것들을 정리할 거야."

금요일? 내 기억으론 오늘은 화요일이었다. 이 안은 시간이 다르게 흐르는 걸까. 그러고 보니 그믐장에선 새벽이었는데 보관소에 들어와 곧바로 밤이 되었다.

나는 엄마 근처 작은 나무 의자 위에 엉거주춤 앉았다.

"여기 있는 물건은 다 이상하고 끔찍한 것들이라던데, 보기엔 평범하네요."

괜한 소리를 했다. 말하자마자 후회했는데 엄마는 가볍게 웃었다. 저렇게 웃을 수도 있는 사람이었어?

"기준을 어떻게 잡느냐에 따라 다르겠지. 누군가에겐 무의미한 것도 누군가에겐 소중할 수 있고, 그 반대도 마찬가지고."

엄마는 얇은 천에 기름을 붓고 그 천으로 주전자를 문질러 닦았다. 이 많은 물건들을 엄마 혼자서 관리하고 있다니. 엄마는 아무렇지 않아 보였지만 내가 다 막막했다.

작게 바스락거리는 소리가 들렸다. 생쥐라도 있나? 나는 발을 의자 위로 올리고 무릎을 끌어안았다. 엄마는 대수롭지 않다는 듯 말했다.

"물건들에서 나는 소리야. 쓰이고 싶어서 들썩이거든. 그 들썩임을 누르는 것도 내가 할 일이지."

"눌러요?"

"그래서 홀에서 지내는 거야. 창고 가까이에 있어야 하거든. 나중에는 창고 안에 머물러야 할지도 모르지."

달그락, 다른 소리가 났다. 어? 머릿속에 이미지가 떠올랐다. 뚜껑이 닫힌 작은 사기그릇.

희한한 일이었다. 저 수많은 보관함들에 무엇이 들어 있는지 알 것 같았다. 팔들의 노점에서 환혼석을 찾을 때와 비슷하고도 더 강한 느낌이었다. 안개가 눈앞을 가리고 있지만 언제든 걷을 수 있어…….

"알려고 하지 마."

엄마가 휙 돌아 내게 말했다. 화내는 건가 싶었는데, 엄마의 얼굴에 웃음이 번졌다.

"이리 쉽게 보관소를 불러내다니."

엄마는 다시 웃었다. 어처구니없다는 듯, 그러나 따스하게. 그 웃음에 마음이 일렁였다.

그러나 그 순간은 짧았다. 엄마는 힘없이 입을 벌리고 눈을 사납게 찡그렸다. 오른쪽 눈꺼풀에 경련이 일었다.

"넌 여기 있으면 안 돼!"

엄마는 말을 내뱉곤 몸을 부들부들 떨었다.

"네가 오면 안 되는 이유가 있었는데……. 그게 뭐였더라……. 돌아가라, 여길 떠나!"

엄마는 비틀거리며 창고를 나갔다. 나는 엄마를 쫓아 발을 옮겼다. 놀라고 겁이 났다. 괜찮냐고 물어보고 싶었지만 말이 안 나왔다.

"그럼 이 주문은요?"

"그것도! 그대로 둬라, 없애려 하지 말고……."

엄마가 이를 악물었다.

나는 엄마에게 손끝 하나 대지 못했다. 그저 엄마가 칸막이 안 간이침대에 쓰러지듯 눕는 것을 지켜보다가 방으로 돌아왔다. 엄마는 어디 아픈 걸까? 분노와 서운함은 엷어지고 다른 감정이 그 자리를 채웠다.

다시 잠들 수 없을 것 같았지만, 잠은 어김없이 찾아와 나를 까만 망각 속으로 끌어당겼다.

일어나자마자 칸막이 안의 엄마를 보러 갔다. 엄마는 이불도 덮지 않고 어젯밤과 똑같은 자세로 침대 위에 웅크리고 누워 있었다. 숨은 쉬고 있는지 걱정될 정도도 꼼짝 않고서. 나는 칸막이를 젖히지 못하고 돌아섰다.

"어제 엄마랑 얘기해 봤는데, 주문을 없애 줄 것 같지 않아. 그냥 나가자. 더 이상 볼일 없어."

아무렇지 않게 말하려 했는데 가슴 한쪽이 찌르르 아팠다. 어젯밤에 본 엄마의 웃음이 자꾸 떠올랐다.

박하는 헛기침을 하곤 목소리를 낮게 깔았다.

"흐음. 이왕 보관소에 와 버렸으니 하는 말인데 말이야, 여기에 혹시 윤도는 없을까?"

"있어."

무심코 대답했다. 둥근 나침반의 형태와 창고 안 위치까지 뚜렷하게 떠오른 것이다. 그것도 하나가 아니라 여럿이었다.

박하가 입을 떡 벌렸다가 상기된 얼굴로 내게 물었다.

"너 윤도가 뭔지는 알아? 되게 정교하게 생긴 나침반. 본 적 있어?"

"아니, 본 적도 없고 뭔지도 몰라. 근데 어디 있는지는 알겠어."

"있다 한들 무슨 의미가 있느냐? 보관증 없이는 그 무엇도 보관소에서 가지고 나갈 수 없대도."

까치가 쯧쯧 혀를 찼다. 박하는 실망한 얼굴로 머리카락을 마구 헝클어뜨렸다. 까치가 불쑥 말을 덧붙였다.

"보관소 핏줄이라면 잠시 빌려 쓸 수는 있다만."

"모라! 윤도를 빌려 봐!"

박하는 나를 붙들고 펄쩍펄쩍 뛰었다. 보관소의 핏줄이라니, 어제 엄마가 말할 때도 그랬고 지금도 거부감이 들었다. 엄마의 딸이라는 것까지 부인할 수는 없겠지만 나와 보관소가 연결되었다는 건 싫었다. 하지만…… 빈손으로 나가는 것보단 나을까. 써먹을 수 있다면.

"찾아볼게."

나는 성큼성큼 창고 안으로 들어갔다. 이래도 되나 싶은 마음이 삼십 퍼센트라면 이 정도는 해도 되지 하는 마음이 칠십이었다. 엄마를 조금도 흔들 수 없었으니 보관소라도 흐트러 놓고 싶었다.

어디 있는지 아는데도 손에 넣는 데는 시간이 좀 걸렸다. 큰 함에 들어찬 작은 물건들을 하나하나 치우고 나서야 제일 밑에 있는 윤도 상자를 꺼낼 수 있었다.

이 윤도는 팔들의 노점에서 보았던 것보다 조금 더 컸다. 둥근 뚜껑을 열자 가늘고 짧은 바늘을 중심으로 동심원이 수십 겹 겹쳐져 있고, 쌀알만 한 한자가 빼곡하게 적혀 있었다.

내가 가져온 윤도를 보고 박하는 말 그대로 기절할 뻔했다.

"대추나무 윤도네! 덮개 무늬를 좀 봐. 십장생 조각! 이건 진짜 귀한 거야."

"저걸 네가 쓸 수나 있을지. 뒷일은 머릿속에 없느냐. 현아의 딸, 잘 들어라. 빌려 간 물건은 다시 가져다 놓아야 한다."

까치가 말했다. 보관소에 한 번은 더 와야 한단 뜻이었다. 희한하게도 안도감이 들었다. 엄마를 만났지만 바뀐 건 하나도 없지 않은가. 단명소에 갔다가, 돌아와서 결판을 내면 된다. 실패한 게 아니라 잠시 미룬 거라고 생각하니 기분이 나았다.

"모라, 저기……."

이채가 내 뒤를 가리켰다. 엄마가 부엌 입구에 서 있었다. 들켰다! 얼굴이 확 달아올랐다.

"정말 어이없는 일을 벌였군."

엄마가 감정을 담지 않고 말했다. 놀랍게도 엄마는 윤도를 도로 내놓으라고 하지 않았다.

"모라, 빨리 나가자! 너희 엄마가 마음 바꾸시기 전에!"

박하는 조바심을 냈다.

우리는 서둘러 짐을 챙겼다. 까치 그림을 가방에 넣으려는데, 까치가 기운 빠진 목소리로 내게 부탁했다.

"저 칸막이 안에 나를 놓아 주렴. 여기서 현아를 지켜보고, 말 걸어 보겠다."

"윤도를 돌려 놓으러 다시 올게, 그때 봐."

엄마를 부탁한다는 말이 입안을 맴돌았지만, 삼켰다. 내겐 그런 말할 자격이 없는 것 같았다.

이름을
자르면

우리가 나온 곳은 그믐장 자리가 아니라 시장 뒷골목이었다. 철문을 닫자 안개가 햇볕에 사그라지듯 보관소 건물은 희미해지고 곧 흔적도 없이 사라졌다.

나는 별 생각 없이 윤도를 박하에게 건넸다.

"세상에……. 이렇게 귀한 것이 내 손에……."

박하는 황홀하다는 듯 윤도를 쓰다듬었다.

"한 번만 쓰기 아까운데. 내가 찾아보고 싶은 가게가 많거든. 아흔아홉 가게 중 말이야. 단명소를 찾은 다음에 몇 개만 찾아봐도 돼? 응?"

박하는 내 대답도 듣지 않고 윤도를 이리저리 살폈다. 원래는 북쪽을 가리켜야 할 나침반 바늘이 획획 돌아가고, 박하는 움직임을 읽으며 방향을 잡았다.

박하가 앞서 걸어 나가고 우리는 뒤따랐다. 마치 축지법을 쓴 것처럼 풍경들이 빠르게 지나쳐 갔다. 한 걸음에 안경점 안에 들어갔다가 다음 한 걸음에 나오기도 했다. 하도 빨라서 겉모습을 감출 필요도 없었다.

그러다 박하가 멈춘 곳은 사방이 반짝이는 유리 조각품으로 가득한 가게였다.

"유리 인형 가게야! 아흔아홉 가게 중 하나! 달빛을 충분히 쬐어 주면 스스로 움직인대!"

박하가 환호했다.

손가락만 한 유리 인형들이 춤을 추고 악기를 연주하는 모습은 정말로 아름답고 신기했다. 그러나, 우리가 찾는 가게는 아니었다.

박하가 다음으로 인도한 가게는 시꺼먼 옷들이 죽 걸린 가게였다. 박하는 잔뜩 들떠서 그 검은 누더기들이 옷이 아니라 그림자라는 걸 알려 주었고, 나는 뭔가 잘못 돌아가고 있음을 깨달았다.

"왜 이런 가게들로 데리고 오는 거야? 우리는 단명소에 가야 하잖아."

"일단 좀 봐 봐, 필요한 건 없어? 기회를 잡아! 어떤 여리꾼도 이리 쉽게 그림자 가게를 찾지 못할 거라고. 아니면 다른 가게로 가 볼까? 꿈에서 밀수해 온 것들을 몰래 파는 가게는 어때? 심해어 생선 가게도 있댔어!"

박하의 신경은 온통 손에 든 윤도에 쏠린 채였다.

"모라, 윤도가 저 아이를 홀렸구나."

이채가 내게 속삭였다. 아, 내 생각이 짧았다. 이 윤도가 보관소에 보관된 이유가 분명 있었을 텐데!

"박하, 윤도를 돌려줘."

나는 박하에게 손을 내밀었다. 박하는 목을 내놓으라는 요구를 받기라도 한 것처럼 눈을 부릅떴다.

"어떻게 그럴 수가 있어! 네가 날 믿고 맡겼잖아. 내가 여리꾼이 아니라고 무시하는 거야?"

"넌 지금 윤도에 휘둘리고 있어. 보관소 물건에 홀려서 스스로를 망친 사람들 얘기 기억 안 나?"

"휘둘리긴 무슨! 가자, 가게를 찾아야지!"

박하는 쫓기는 사람처럼 잰걸음으로 걸었다. 나와 이채, 토영은 박하를 놓칠세라 허둥지둥 뒤따랐다.

이번엔 주변이 휙휙 지나가지 않았다. 그저 시장의 길이 계속될 뿐이었는데, 이상했다. 저 가게는 분명 방금 봤던 것 같은데. 게다가 아까부터 길에서 보이는 사람이라곤 껍데기들뿐이었다.

"같은 길로 계속 돌고 있습니다."

토영이 사방을 경계하며 말했다.

"박하! 잠깐 멈춰 봐! 여기가 어디야? 이런 곳이 시장에 있어?"

박하는 그제야 자리에 서서 두리번거렸다.

"이 가게는 본동상가에 있는 건데. 그 옆은 대도상가 2층에 있는 가게고. 이게 뭐람? 여러 군데를 이어서 붙여 놓은 거 같아."

맙소사, 우리는 윤도가 만들어 낸 미로 속에 갇혀 버린 것이다.

보관소에 그토록 오래 갇혀 있었으니 얼마나 쓰이고 싶었을까. 계속 자신을 이용해서 길을 찾도록 하는 게 윤도의 목적일 터였다.

"박하, 그 윤도 이리 줘. 가방에 넣을게."

내 말에 박하의 눈이 사정없이 흔들렸다. 박하는 윤도를 등 뒤로 감췄다.

"내가, 내가 가지고 있을게. 그렇잖아? 모라 넌 못 읽잖아? 내가 가지고 있어야 길을 찾을 수 있을 거야."

"그럼 말해 봐. 토영이 의뢰한 가게가 어디였지?"

"그야 당연히……!"

박하의 얼굴이 일그러졌다. 박하는 기억해 내지 못했다.

"그 윤도는 길을 가르쳐 주지 않을 거야. 네가 계속 자기만 들여다보길 바랄 테니까."

"……여기 가져가."

박하는 이를 악물곤 윤도를 앞으로 내밀었다. 나는 윤도를 잡으려 했지만, 전기가 오르는 것처럼 따끔거려서 손을 뗐다. 윤도도 자신을 읽어 내는 사람과 떨어지기 싫어하고 있었다.

나는 박하가 직접 내 손에 윤도를 올려놓을 때까지 기다렸다. 윤도가 내 손바닥에 닿은 뒤에도, 박하의 손가락은 끈끈한 접착제로 붙인 것처럼 윤도에서 떨어지지 않았다. 박하의 이마에서 땀이 흘렀다.

박하가 얼마나 고통스러워하는지, 나 또한 괴로웠다.

마침내 손가락이 떨어졌다. 박하는 두 손으로 얼굴을 가리고 신음했다. 나는 윤도를 가방에 넣고 박하를 살폈다.

"괜찮느냐. 고생했구나."

이채가 박하를 다독였다.

이젠 어쩌지? 우리는 일단 걸으면서 주변을 계속 확인했다. 같은 가게들과 껍데기들이 반복되는 길이 끝도 없이 이어졌다. 토영은 어느 가게 문을 열어 보려 했지만 열리지 않았다. 물건들도 붙여 놓은 듯 꼼짝하지 않았다. 그저 겉모습만 복제한 듯했다.

"잠깐, 바닥을 봐."

시무룩하게 뒤처져 걷던 박하가 우리를 불렀다.

"여리꾼들의 책에서 이런 길에 대한 걸 읽은 적 있어. 가짜와 진짜가 뒤섞인 길."

길바닥은 콘크리트와 아스팔트, 돌과 흙이 뒤섞여 모자이크 작품 같았다. 박하는 그중에서 붉은 아스팔트 길만 조각나 있지 않고 가늘게 이어지고 있다는 걸 발견했다.

"이걸 따라가 보자."

박하의 눈빛이 원래대로 돌아왔다. 우리는 주변 가게나 껍데기들도 보지 않고 오로지 바닥만 보며 앞으로 나아갔다. 길은 제멋대로 좁아졌다 넓어지고, 도저히 시장 같지 않게 가파른 경사가 지거나 구불구불 휘기도 했다. 급기야 길은 엉클어진 실뭉치처럼 꼬였다.

목이 마르고, 머리가 핑핑 돌았다. 이 미로에 갇혀 절대 빠져나가지 못할 것 같았다.

차라리 윤도를 써서 벗어나면……. 나도 모르게 가방에 손을 넣었다. 그때 따뜻한 손이 내 팔을 잡았다.

"안 됩니다."

토영이었다. 나는 토영의 손에 의지해 윤도를 꺼내고 싶은 마음을 눌렀다.

얼마나 걸었을까, 버즘나무 기둥처럼 얼룩덜룩하던 바닥은 서서히 아스팔트의 비중이 늘어나다가 어느 순간에는 아스팔트만이 남았다. 가게들도 달라지고, 껍데기가 아닌 사람들도 보였다.

"시장으로 돌아왔어."

박하의 말에 나는 안도의 한숨을 내쉬었다.

그렇게 도착한 곳은 갈치 골목만큼 좁은 골목이었다. 왼쪽으론 표구 가게가 있어 산수화며 인물화 같은 그림들이 가게 문 밖으로도 걸려 있고 오른쪽은 포장용품을 파는 가게였다. 둥글게 말린 온갖 포장지와 리본들이 가게 앞에 진열되어 있었다.

"저기!"

박하가 리본 더미 옆을 가리켰다. 엿장수들이 쓰는 것 같은 커다란 검은 가위가 끈에 묶여 가게 문간에 걸려 있었는데, 가윗날 옆에 유려한 글씨체로 한자 세 글자가 새겨진 것이 보였다.

斷名所

　이름을 자르는 가게는 공간이 아니라 물건이었다. 이 가위가 바로 단명소였다. 우리는 윤도에 사로잡혀 길을 헤맸으나 결국 단명소에 이르렀다.

　"박하, 덕분에 단명소를 찾았구나. 고맙다."

　이채는 한 걸음 가위에게로 다가갔다. 가슴이 쿵 내려앉았다. 단명소를 찾았으니 이름을 잘라야 한다. 그 당연한 사실을 잊고 있었다.

　"괜찮은 거 맞지? 이름을 잘라도……."

　나는 말을 하다 말았다. 괜찮을 리가 있겠는가. 이채는 나를 돌아보았다.

　"모라, 내 이름을 물어봐 주어서 고맙다. 그 누구도, 나 자신조차도 스스로에게 물어본 적 없는 이름이었다."

　이채는 눈시울이 붉어진 토영의 어깨를 토닥이곤 가윗날을 펼쳤다. 푸르스름하게 잘 갈린 가윗날이 번쩍이더니, 가위로부터 나지막한 음성이 들려왔다. 가위는 차분하게 단명소의 규칙을 설명했다.

　이름을 자르는 것은 그 이름으로 엮인 과거와 미래, 현재를 자르는 것입니다. 받아들이겠습니까?

　"내게 이미 미래는 없다. 현재도 마찬가지지. 내게 과거는 이미 다

읽고 덮은 책과 같다."

이채는 떨리는 목소리로 또박또박 대답했다.

가위는 지은 죄가 있는지를 물었고 이채는 없다고 대답했다. 죄가 있는데 이름을 잘랐다가 사지가 잘렸더라고, 까치가 말했었다. 별일 없겠지? 너무 초조하고 걱정되었다.

이름이 잘리면 그 이름이 속했던 모든 흐름에서 지워집니다. 그러나 흔적은 남아 이름을 자른 자가 있다는 것을 후세에 상기시킬 것입니다. 모두가 그 전의 당신을 잊을 터이나 당신만이 과거를 기억할 것입니다. 그래도 자르겠습니까?

이채는 눈을 내리깔고 숨을 골랐다.

"자르겠다."

이채의 목덜미로부터 길고 가는 털이 뻗어 나왔다. 푸르고 붉은 것이 꼭 핏줄 같기도 했다. 얇은 핏줄은 복잡하게 얽히더니, 공중에 '이채'라는 형상을 만들어 냈다.

나는 숨을 죽이고 이채가 자신의 이름을 잡는 것을 보았다. 그 순간이었다.

무슨 짓이냐!

그림 가게 쪽으로부터 큰 소리가 났다. 지진이라도 난 것처럼 가게 앞에 걸린 그림들이 일제히 흔들렸다. 아니, 액자가 흔들린 건 아니었다. 액자 속의 풍경화며 인물화들이 요동치고 있었다.

네가 감히!

그 순간 그림이 화폭을 빠져나와 파도처럼 우리를 덮쳤다.

나도 모르게 눈을 감았다 떴을 때 눈앞에 보인 건 아름다운 정원이었다. 바람에 단풍잎이 연못 위로 툭 떨어지자 물 위로 둥근 파문이 일었고 빨갛고 흰 잉어가 그 주위를 맴돌았다.

그 모든 것이 그림이었다. 붓으로 긋고 칠한 그림들이 섬세하게 움직이고 있었다.

그런데, 풍경이 어딘가 눈에 익었다. 연못 가운데 자그만 섬, 그 위에 예쁜 정자. 맞다, 작년에 학교에서 단체로 고궁 관람을 왔을 때……

"전하, 이곳은!"

토영이 놀라 외쳤고, 내 입에서도 말이 툭 나왔다.

"궁 아니야?"

이채가 털썩 무릎을 꿇었다. 이채는 바닥의 풀을 쥐었다. 풀 그림은 살아 있는 것처럼 이채의 손에 잡혔다.

이번엔 그림에 갇혀 버린 건가! 그림이라면 끝나는 지점이 있을 것이다. 끝도 없이 그려진 그림은 없다. 나는 틈새를 찾으려 사방을 두리번거렸다.

그때, 전각 쪽에서 사람의 형상이 나타났다.

붉은 용포를 입고 검은 관을 쓴 노인이 거침없이 이쪽으로 걸어오고 있었다.

"할바마마……."

이채는 넋이 나간 채로 무릎을 꿇었다. 토영은 그 옆에 바짝 엎드렸고 박하는 내 뒤에 웅크려 앉았다. 그 노인은 그림인데도 위압적이었다. 나 역시 다리가 후들거렸지만 참았다.

노인이 이채에게 삿대질을 했다.

무슨 짓을 하려는 거냐! 네가 이름을 잘라내면 왕실의 혈통에 오점이 생긴다. 그 공백은 어찌하라고! 차라리 스스로 목숨을 끊어라. 네 이름을 지켜라!

아, 나는 이채를 보호해 주고 싶었다. 저런 말은 듣지 말라고 말해 주고 싶었다. 그러나 이건 이채가 넘어야 할 시험이었다.

이채가 천천히 눈을 떴다. 그 눈은 맑고 깊었다.

"예전의 저라면 그 말에 따랐겠지요. 그 유구한 흐름의 한 귀퉁이를 차지한 것에 감사하며, 주어진 역할을 다해야 한다고 스스로를 설득했을 테고요. 생각이 바뀌었습니다. 여기, 시장에서."

이채가 자리에서 일어났다. 바람결에 이채의 머리카락이 흔들리고, 단풍잎 그림이 이채 위에 내려앉았다.

잊히게 될 것이다! 두렵지 않느냐!

"두렵습니다. 그러나, 두려워하는 것도 나라는 것을 알았습니다. 아무 기대 없는 막내로 태어난 것도 나, 왕이 된 것도 죽게 된 것도 나. 그 모든 게 나라면…… 이 선택도 내가 하겠습니다. 이름을 잘라도, 나는 나일 것입니다."

노인의 그림이 삿대질하던 손을 내렸다. 나는 울컥 눈물이 나는 것을 참았다. 이건 이채와 내가 그믐장 자리에서 나눈 대화였다.

"단지 시장에서 나가려 이름을 자르겠다는 것은 아닙니다. 이 상태로는 요행히 시장 밖으로 나간다 한들 마주치는 모두를 힘들게 할 터이지요. 깨끗이 잘라 내고, 백성의 한 사람으로 살아가려 합니다."

이채가 말을 마친 순간, 우리를 둘러싸고 있던 그림이 썰물 빠지듯 빠르게 물러나 원래의 화폭 속으로 되돌아갔다.

우리는 다시 그 좁은 골목에 서 있었다. 롤러코스터를 타고 내린 것처럼 어지러웠다.

그러나 이채는 한순간도 정신을 놓지 않은 것처럼 또렷하게 말했다.

"자르겠다."

그러곤 가위를 들어 목으로부터 뻗어 나온 자신의 이름을 단번에 잘라 버렸다.

잘린 이름은 가벼이 공중으로 떠오르더니 사르르 흩어졌다. 목에 남은 실도 마찬가지로 흔적도 없이 사라졌다.

"앗, 머리카락이!"

박하가 놀라 소리쳤다.

이채의 검은 머리카락에서 색깔이 빠져나갔다. 머리카락은 눈처럼 새하얘졌다가 푸르스름하게 빛났다가 연한 잿빛으로 바뀌었다.

이채는 놀란 표정으로 자기 머리카락을 살폈다. 토영은 충격을 받은 듯 눈시울을 붉혔지만 박하는 환한 얼굴로 기뻐했다.

"이름을 잘랐으니 모른 척 안 해도 되는 거지요? 시장도 나갈 수 있고요! 유슬이 토영을 찾기 전에 빨리 나가요. 사람 없는 길로 데려다 드릴게요!"

박하는 머리카락을 가리라며 이채에게 모자를 빌려주었다. 이렇게 갑자기? 나는 얼떨떨한 심정으로 이채와 박하가 앞서 걸어 나가는 걸 뒤쫓았다. 너무 갑작스러웠다.

토영은 내 옆에서 걸었다. 이대로 토영과 이채에게 작별 인사를 해야 한다는 것이 실감이 안 났다. 토영에게 뭐라도 말하고 싶은데, 이 마지막 시간을 허무하게 보내고 싶지 않은데. 나는 겨우 질문을 던졌다.

"그럼, 이제 이채라고 부르면 안 되나?"

"이름의 의미가 잘린 것이니 상관없을 것입니다. 전하께서 원하신다면 새 이름을 얻으시겠지만요. 그런데 저 머리카락은 어쩌지요?"

어? 나는 눈을 깜빡였다. 토영이 이상했다. 윤곽이 흐려진 것처럼 살짝 흔들려 보였다. 눈에 뭐가 들어갔나 싶어 눈을 비비는데 토영이 박하와 이채를 뒤로 물리고 맨 앞에 섰다.

"사람들이 쳐다봅니다. 제 뒤로 숨으세요."

가게 상인들이 이쪽을 흘끔거렸고, 심지어 몇몇 사람들이 우리 뒤를 따라 걷기 시작했다. 그 숫자는 점점 늘어났다. 이러단 유슬에게 들킬 것 같았다.

"비키시오! 유슬 님의 명령이오!"

아니나 다를까, 유슬의 병풍들이 무리를 헤치고 우리 쪽으로 오려 하고 있었다. 그런데 병풍들이 상인회며 유슬의 이름을 대어도 사람들은 틈을 내주지 않았다. 이상했다.

"네가 새 주인이냐?

한 사람이 내게 물었다. 따라오던 사람들이 시비를 걸듯 나를 노려보았다.

"네?"

"아닌가 보군. 그럼 됐다."

토영의 뒷모습이 또 다시 흐릿해졌다. 우리를 둘러싼 사람들로부터 헉, 소리가 났다. 도대체 이게 무슨…….

"김모라!"

사람들 벽 너머로 익숙한 얼굴이 쑥 나타났다가 사라졌다. 윤 사장이었다. 윤 사장은 펄쩍펄쩍 뛰며 소리쳤다.

"허리띠! 토영의 허리띠를 잡아라!"

허리띠? 토영의 허리춤으로부터 삐져나온 나온 저 띠를? 나는 손을 뻗었다. 그러나 늦었다.

카메라 플래시를 터뜨린 것처럼 토영의 모습이 확 밝아졌다. 눈을 질끈 감았다가 떴을 때 보인 것은…… 큰 여우였다. 허리에 줄이 감긴 것이 보였다.

"지금이다!"

위에서 그물이 날아왔다. 여우가 그물에 걸렸다. 아니, 간발의 차로 그물을 피했다. 여우는 모자 가게 가판대 위로 훌쩍 뛰었고 가판이 엎어져 모자들이 흩어졌다.

여우는 어느 상점 차양 위로 뛰어올랐지만 어디선가 돌이 날아와 여우를 맞췄다. 여우는 미끄러지다가 발톱으로 차양을 잡고 버텼다. 찌익, 천 찢어지는 요란한 소리가 났다.

"총은 안 돼! 털에 구멍이 난다고!"

총이라니? 정말로 장총을 든 사람이 여우를 겨냥하고 있었다. 저 여우는 뭐지? 토영은 어디 갔지?

"돌도 던지지 마! 흠집 내지 마라!"

"자기 거라도 되는 듯 말하네. 잡는 사람이 임자다!"

여우는 차양 위로 기어 올라가 파라솔 위를 밟고 날렵히 뛰어올라 본동상가 뒤로 사라졌다. 사람들이 우르르 그쪽으로 몰려가는 통에 우리는 길 한쪽으로 밀려났다. 이채는 벽에 등을 세게 부딪쳐 비틀거렸다.

"그러게 허리띠를 잡으라고 했잖아! 이름을 잘랐으면 그것부터 했어야지! 아니, 여리꾼을 고용했으면 날 찾아왔어야지!"

우리 쪽으로 달려온 윤 사장은 시뻘게진 얼굴로 자기 머리카락을 마구 흩뜨렸다.

"이젠 어쩔 거냐, 모두 사냥에 나설 텐데!"

머리를 세게 맞은 것 같았다. 아까 그 여우의 몸에 감긴 띠는 토영의 허리띠였다. 여우가, 토영이었다. 토영이 여우로 변한 것이다.

"다들 알고 있었던 거야? 나만 몰랐던 거야?"

그랬구나, 그래서였구나. 모두가 토영에게 말을 놓았던 것, 토영이 보관증을 쓰겠다고 말하지 않은 것……. 머릿속이 엉망으로 뒤엉켰다.

"그럼, 박하 너한테는 저렇게 보였어? 계속?"

"가끔 여우 형상이 그림자처럼 어른거렸어. 다 아는 거라서 네가 모를 줄 상상도 못했어. 저렇게 아예 변할 줄도 몰랐고. 그렇다고 대놓고 사냥을 해? 윤 사장님, 왜들 저러는 거예요? 엄연히 주인이 있는데!"

박하는 말하다 말고 눈을 크게 떴다.

"이름을 잘라서? 그래서 주인이 아니게 된 건가요?"

윤 사장은 붉은 기가 얼룩덜룩 남은 얼굴을 손으로 쓸어내렸다.

"사람으로 둔갑할 줄 아는 희귀한 여우들이 있어. 왕실에서는 대대로 그들을 호위로 두었지. 그리고 그 주인이 세상을 떠날 때 같이 죽여 묻었다. 그러나 저 여우의 운명은 특별했지. 자기 주인이 죽었는데도 죽지 않은 거야. 죽은 왕을 홀로 내보낼 수 없어 인정을 베푼 것이겠지. 왕실의 호위였던 여우가 저리 시중에 풀린 것은 처음 있는 일일 테다. 몸값이 어마무시할 거야."

"몸값이라뇨, 토영은 사고파는 물건이 아니에요!"

내 말을, 윤 사장은 쉽게 구겨 버렸다.

"여우가 시장에 발을 들인 그 순간부터 유슬은 여우를 원했고, 다들 유슬의 눈치를 봤어. 어차피 주인 있는 여우를 손에 넣을 가능성은 희박했으니 욕심을 못 낸 게지. 그러나 이제 주인은 사라졌어. 유슬과 척을 지더라도 여우를 얻는 게 훨씬 더 이득이지."

"그렇다고 총을 쏘고 돌을 던져요? 너무하잖아요, 인간이기도 한데!"

"인간의 모습을 유지한다면 또 모를까, 저렇게 여우인 채로는, 그렇지 않겠느냐? 시장에 여우가 돌아다니는 걸 뻔히 보면서 가만 두는 게 더 이상하지. 주인이 없어진다는 것도 조금만 헤아려 보았으면 알 일이었어. 얇은 한 겹 속을 들여다볼 노력조차 하지 않아 놓고 누구를 탓하는 건가? 정신 차려, 여기는 시장이야!"

그 말에 무너진 건 이채였다. 이채는 눈물범벅이 되어 흐느꼈다.

"이렇게 될 줄 몰랐어……. 토영을 구해야 한다……."

혹시 윤 사장이 단명소에 가는 걸 도왔던 것도 토영을 이채에게서 떼놓기 위해서였나? 누구보다 계산속이 빠르다는 윤 사장이 대가 없이 토영과 이채를 도왔을 리가 없다. 그믐장에서 여리꾼을 찾으면 자기에게 연락하라 했던 것도 다 꿍꿍이가 있던 거였어!

"토영이 우리에게 돌아올 줄 알고 우리랑 남은 거죠? 저리로 가요!"

내 말에 윤 사장의 눈빛이 날카롭게 변했다.

"하, 나만 제치면 되겠나? 사냥꾼들이 여우를 쫓고 있어!"

그 말이 맞았다. 이미 누군가 토영을 손에 넣었을지도 모른다. 가슴이 쥐어짜듯 아파왔다.

"윤 사장님, 우리 협력해요. 같이 토영을 찾아요."

갑작스레 박하가 윤 사장에게 말했다. 아니, 윤 사장도 토영을 노린다는데!

"모라, 이러고 있다간 다른 사람들이 차지해 버리겠어. 힘을 합쳐 찾고 나서, 어떻게 할지 다시 의논해 보자. 윤 사장님, 나눠서 찾아봐요, 네?"

박하는 내 손을 잡고 손등을 꽉 눌렀다. 무슨 계획인 거지? 나는 일단 입을 다물었다.

이채가 벌게진 눈으로 두리번거리며 말했다.

"내가 토영의 흔적을 찾을 수 있다. 토영의 발톱 자국을 알아볼 수 있어. 털도 떨어졌을 거다."

"잘됐다! 윤 사장님이 이분과 같이 가세요. 나는 모라랑 갈게요."

윤 사장은 속으로 계산을 끝낸 듯 박하의 제안을 받아들였다. 윤 사장과 이채가 길모퉁이를 돌아서자마자, 박하가 속삭였다.

"모라, 윤도를 쓰자! 우리가 먼저 찾을 수 있어!"

아, 내게 윤도가 있었다! 그래서 일부러 이채를 보낸 거구나, 윤 사장을 떼어 놓기 위해!

나는 황급히 주머니에서 윤도를 꺼냈다. 윤도의 매끈한 표면이 은은하게 빛났다.

박하와 나는 숨을 삼켰다. 우리는 이 물건이 어떤 작용을 하는지 알고 있었다. 엉뚱한 곳으로 가게 될 수도 있고, 중독되듯 윤도에 사로잡힐 수도 있었다.

"나한테 주지 말고 네가 들어. 읽기만 할게. 혹시 내가 또 윤도를 탐내면, 한 대 때려 줘."

박하가 주먹을 꽉 쥐고 말했다.

나는 윤도를 들고 간절하게 토영을 생각했다……. 토영이 있는 곳을 알려 줘, 제발. 바늘이 한 방향을 가리키며 멈췄다. 박하가 내 팔을 잡고 앞으로 걸어 나갔다.

사방이 일그러지고, 번쩍였다. 불쾌한 두통이 머리를 쑤셔 댔다.

"여기가 어디야……, 토영이 보여?"

나는 낯선 벽에 기대어 눈을 뜨려 애썼다.

흰 가림막으로 둘러싸인 건설 현장 앞이었다. 박하는 위치를 파악했다. 새 건물을 짓다가 소유권 분쟁 때문에 내버려 둔 지 몇 달 지난 곳이라 했다. 들어가지 말라는 표지판이 크게 붙어 있고, 붉은 줄이 쳐져 있었다. 박하와 나는 출입 금지 표지판을 옆으로 밀고 가림막 안으로 들어갔다.

윤도는 틀리지 않았다. 여우는 자재 주변에 둘러놓은 가시철조망에 걸려 옴짝달싹하지 못한 채 괴로워하고 있었다.

우리가 다가가자 토영은 몸부림쳤다. 철조망에 찍힌 상처가 더 벌어지고 피가 흘러 털을 적셨다.

"토영, 나야! 가만히 좀 있어!"

토영은 우리를 알아보지 못했다. 박하와 나는 토영을 진정시키려 했지만 헛되이 시간만 흘렀다.

"정말 여기 있네."

들켰다! 활짝 웃는 얼굴이 이채를 닮은, 그래서 더 짜증나는 둘째 왕자 이헌이 유슬과 함께 안으로 들어왔다. 유슬은 토영의 참혹한 모습을 보고 눈을 찌푸렸다.

"좀 더 신중하게 움직였어야지, 너희 얼굴이 시장에 다 팔렸는데. 이것이 여기 있는지는 어찌 알았지? 주문 덕인가?"

이헌이 흥미롭다는 듯 내게 물었다.

나는 토영 앞에 버티고 섰다. 주문이든 뭘 이용해서든 토영을 지키겠다고 결심했다. 그러나 무엇을 할 수 있지? 던져 오는 게 없으면 반사도 못 한다. 나는 이헌이 가까이 다가올 때까지도 서 있는 것밖에 하지 못했다.

"자, 이럴 때 쓰면 좋은 게 있어."

이헌이 품에서 작은 유리병을 꺼내더니 여우의 코에 칙 뿌렸다.

"무슨 짓이야!"

"안정제랄까, 인간에게는 향수지만 여우 새끼에게는 잘 듣지. 너도 써 보렴."

이헌이 스스럼없는 태도로 내게 유리병을 내밀었다.

위험한 사람이야, 믿지 마……. 그런데 정말로 토영의 눈이 감기고 움직임이 느려졌다.

지금은 토영을 철조망에서 빼내는 게 더 급했다. 나는 병을 받아 향을 몇 번 더 뿌렸다. 토영은 잠든 것처럼 축 늘어졌고, 나와 박하는 토영의 꼬리와 다리에 얽힌 가시철조망을 조심조심 잡아 뺐다. 붉은 피가 내 손에 뚝뚝 떨어졌다.

지혈부터 해야 한다며 허둥대는 박하에게, 유슬이 손수건을 건넸다. 박하는 그 손수건으로 가장 상처가 심한 토영의 뒷다리를 꽉 묶었다.

"미리 말해 둘게요. 우리가 먼저 찾았어요. 우리에게 소유권이 있다는 뜻이라고요."

박하가 다부지게 말했다. 이헌은 코웃음을 쳤고 유슬은 아무 반응도 하지 않았다.

"유슬 님, 이 자들이 앞에서 얼쩡거리고 있었습니다."

유슬의 병풍들이 가림막을 젖혔다. 이채와 윤 사장이 끌려오듯 안으로 들어섰다.

"토영!"

이채는 병풍들을 뿌리치려 몸부림쳤다. 이헌이 그쪽을 돌아보는 걸 보고 나는 자리를 박차고 일어났다. 토영이 이러니 나라도 이채를 지켜야 했다. 이 미친 인간의 손에 들어가지 않게!

"유슬, 저자에게 여우를 넘길 겁니까? 아니면 이 소년을? 도대체 무슨 거래를 했기에?"

윤 사장이 유슬에게 따지고 들었다. 이헌이 윤 사장을 향해 비릿한 미소를 지었다.

"상인 나부랭이와 대화를 나눌 시간은 없어. 유슬, 저자를 내보내시오."

"나는 그릇상가의 대표요, 시장에서 날 함부로 할 자는 없어!"

윤 사장이 이마에 핏대를 올리며 대꾸했다. 놀랍게도, 유슬은 그 말에 동의했다.

"……시장 사람들에게는 자기가 있고 싶은 곳에 있을 자유와 권리가 있습니다."

윤 사장은 어깨를 붙들고 있던 유슬의 병풍들에게서 거칠게 몸을 빼냈다. 유슬은 병풍들을 물렸다. 이헌은 날파리 쫓듯 윤 사장을 향해 손을 휘젓더니, 나를 내려다보았다.

"내가 그 여우를 찾아온 줄 아나 보지? 여우를 찾으려 애쓸 너를 찾아온 거라면 어떠냐."

"나를…… 왜?"

"통제가 안 되는 식물을 너희에게 넘겼다는 사람의 이야기를 들었지. 어떤 건물이 갑자기 나타나고, 너희가 들어가자 안개가 걷히듯 사라졌다고 하더군. 그런 건물이 물품보관소 말고 또 있을까."

아뿔싸! 덩굴을 가지고 있던 사람이 우리를 보았다는 건 까맣게 잊고 있었다.

이헌은 몸을 숙여 나와 눈을 맞추었다. 이채와 꼭 닮은 눈이었다.

"나를 보관소로 데리고 가라."

삐이, 귀에서 이명이 들리는 듯했다. 이자가 원하는 건 보관소였다. 이채와 토영을 쫓는 줄 알았는데, 날 뒤쫓고 있었던 것이다.

"못 가. 가고 싶다고 갈 수 있는 곳이 아니야."

그렇게 말했지만 초조해 미칠 거 같았다. 보관소에 데리고 갈 수 없을 것 같아서? 아니, 그럴 수 있을 것 같아서였다.

이헌은 거절당한 사람답지 않게 느긋했다.

"네가 쓴 그 향. 적절하게 쓰면 안정제이고 마취제이지만 적절한 양을 넘도록 쓰면 어떻게 될까? 독이 된단다. 못 믿겠으면 내 동생에게 물어보렴."

나는 이채를 돌아다보았다. 이채는 슬프게 고개를 끄덕였다. 토영이 괴로운 듯 신음소리를 냈다. 숨이 가빠지고, 입 주변이 푸르스름하게 변했다.

"날 보관소로 데려가라. 그럼 해독제를 주지."

이헌이 미소 지었다. 완전히 덫에 걸려 버렸다.

"유슬, 저자의 행동을 용인하는 거요? 저자가 보관소에서 뭘 빼낼지 알고! 당신은 회장 대리요, 시장을 지켜야 할 의무가 있습니다!"

윤 사장의 목소리가 새되게 갈라졌다. 유슬은 딱딱하게 굳은 얼굴로 날 바라볼 뿐이었다.

토영이 벌컥 피를 토해 냈다. 흰 털과 이채의 손이 피에 젖었다.

"토영!"

시장에 들어온 뒤 예상대로 된 것은 없었다. 언제나 급변하는 상황에 맞춰 허둥댔다. 그러나 지금처럼 막막하고 고통스러운 순간은 없었다.

다른 무엇을 선택할 수 있겠는가. 나는 토영의 부드러운 털 위에 손을 얹고, 눈을 감았다.

물품보관소

나의 혼란과 상관없이 나의 능력은 발휘되었다.

지난번과 다르게, 소리 없이 보관소의 문이 콘크리트 가벽 사이에 나타났다. 좁은 공간이라 겉으로 보이는 건 철문 하나뿐이었지만 그 문 안이 겉보기와 다를 것임은 분명했다.

"앞장서라."

이헌이 내 등을 밀었다.

철문은 지난번보다 훨씬 쉽게 열렸다. 내가 앞장섰고 유슬과 이헌이 따랐다. 박하와 이채, 윤 사장이 토영을 안으로 옮겼다.

보관소의 홀은 지난번과 다름없었다. 칸막이로 둘러싸인 엄마의 임시 처소도 그대로였다. 단 한 가지, 창고 문 앞 책상이 벽 쪽에 바짝 붙어 창고 문을 가리다시피 하고 있다는 것만 달랐다.

"정말로 불러내다니, 네 정체가 뭐냐?"

이헌은 감탄했다. 그러거나 말거나 내가 원하는 건 하나였다.

"보관소에 들어오게 해 줬으니 해독제를 줘요!"

이헌은 색이 다른 유리병을 주머니에서 꺼내 떨어뜨릴 듯 말듯 손끝으로 잡고 흔들었다.

"해독제를 넘기시오."

유슬이 날카롭게 말했다. 이헌이 한쪽 눈썹을 올렸다.

"아하, 우리 상인회 회장 대리께서도 이 여우 새끼에게 관심이 있으셨지. 이깟 여우 가지고 되시려나? 내가 왕이 되면 더 좋은 것들을 얻을 수 있을 텐데."

"쓸데없는 소리 말고 해독제를 주어라."

유슬이 내뱉었다. 이헌의 눈에서 웃음기가 사라졌다.

"싫다면?"

"시장에서 나가기 싫은 모양이지? 시장의 협조 없이 왕 노릇을 제대로 할 수 있을 것 같은가? 아, 그런 걸 알기도 전에 쫓겨났지?"

이헌과 유슬은 불꽃이 튀는 것 같은 시선을 주고받았다.

이헌이 내게 유리병을 획 던졌다. 나는 병을 받자마자 뚜껑을 열고 연보랏빛 액체를 토영의 입에 흘려 넣었다. 토영은 콜록대며 숨을 내뱉었다.

이채는 토영의 등을 쓸다가 이헌에게 말했다.

"……어떻게 형님께서 왕이 된단 말씀이십니까. 저를 이용해서? 그건 불가능합니다. 지금 저는……."

이채는 단명소에 대해 말하려 했던 것 같았다. 하지만 이헌이 이채의 말을 끊었다.

"하! 어좌에 한 번 올라 봤다고 네가 뭐라고 되는 줄 알아? 너 따위와 상관없어!"

분노에 차 날카로운 말을 뱉어 내는 저 사람은 이채와는 조금도 닮지 않았다. 자기의 과오를 다른 사람에게 떠넘기고 타인을 발밑에 우겨 넣으려 하는 인간이었다.

"그 자리에 올라앉았다고, 그딴 옷을 걸쳤다고 다 왕이 되는 게 아니야. 즉위식? 애들 소꿉장난이나 다름없지. 권위의 증표는 따로 있다."

이헌은 연기하듯 과장되게 대사를 읊었다.

"바로, 옥새."

"옥새는 궁에 있겠지요!"

이채가 부르짖었다. 이헌은 한쪽 입술을 끌어올려 웃더니 품에서 오색빛 자개로 장식된 검은 상자를 꺼냈다.

"옥새가 없어졌다는 걸 몰랐나 보군. 허수아비 왕에겐 말하기도 귀찮았나 보지. 네가 본 함은 가짜야! 궁의 것들은 늘 그래. 속이고, 기만하고, 겉치레에나 신경을 써. 널 살려 둔 걸 보면 뻔하지 않느냐? 나 같으면 아예 죽여 싹을 잘라 냈을 텐데."

이헌이 폭언을 퍼부었지만 이채는 견뎌 냈다.

"……열쇠는 없으시군요. 열 수 있었다면 진작 여셨겠지요. 열 수 없는 상자가 무슨 의미가 있겠습니까."

이헌은 눈을 가늘게 뜨고 이채를 노려보았다. 이채는 묵묵히 그 눈을 마주 쳐다보았다. 나는 알았다. 이채가 얼마나 두려운지. 그리고 그 두려움을 감당하려 얼마나 애쓰고 있는지.

헛웃음을 지으며 먼저 눈을 돌린 건 이헌이었다. 이헌은 품에서 뭔가를 꺼내 들었다. 열쇠? 아니, 종이였다.

"모든 잠긴 것을 열 수 있는 열쇠가 보관소에 있다. 이건 그 주인이 열쇠를 여기 맡기고 받은 보관증이다. 이걸 얻기 위해 내가 가진 것을 다 쏟아부었지!"

무슨 황당한 소리냐고 반박할 수 있었다면 좋았겠지만 이미 우리는 보관소의 물건과 규칙을 경험해 보았다. 보관증이 있다면, 결과는 불 보듯 뻔했다.

"보관소의 주인! 나와라, 물건을 찾으러 왔다!"

이헌이 오만하게 외쳤다.

이대로 엄마가 나오지 않기를 바랐다. 그러나 책상 뒤 창고 문이 삐거덕 열리고 엄마가 모습을 드러냈다. 엄마는 그새 병세가 악화된 환자처럼 더 생기가 없어진 듯했다.

이헌이 성큼성큼 걸어가 책상 너머로 보관증을 내밀었다. 엄마는 종이를 받아들어 확인하고, 말했다.

"물건을 가져다 드리지요."

"안 돼요, 엄마! 저 사람 말 들어주지 말아요!"

"엄마라니!"

유슬은 경악했고, 이헌은 웃음을 터뜨렸다.

"아하, 보관소의 딸이었구나!"

걱정한 대로였다. 엄마는 내 쪽은 쳐다보지도 않고 보관증을 들고 창고 안으로 들어갔다.

"저 사람이 네 엄마라고? 보관소의 주인이고? 맙소사……. 어떻게?"

윤 사장은 일그러진 얼굴로 나를 돌아보았다. 윤 사장은 보관소 주인이 내 엄마라는 것에만 놀란 게 아니었다. 윤 사장이 힘겹게 한마디를 내뱉었다.

"껍데기잖아!"

시장에 와서 보고 들은 것 중 가장 어이없는 말이었다. 말도 안 되는 소리! 그런데 나와 같이 어이없어 하고 화를 내야 할 박하가 그 말을 듣고만 있었다. 박하가 머뭇거리며 내게 말했다.

"어제도 좀 그런 느낌이긴 했어. 설마 했는데, 지금은 더 그렇네……."

엄마가 껍데기라니, 말도 안 된다. 하얗게 변하지도 않았고, 말도 잘하는데! 그러나 곧바로, 증거들이 떠올랐다. 감정이 없는 것, 기억하지 못하는 것.

나는 칸막이 쪽으로 가서 까치를 찾으려 했다. 까치라면 진실을 말해 줄 것이다.

"움직이지 마라. 네가 헛짓거리를 하면 네 친구들을 하나씩 벨 것이다."

유슬이 칼을 뽑아 들었다.

꽉 쥔 주먹에서 힘이 빠졌다. 나 하나 지키는 건 아무 의미 없었다. 토영과 박하와 이채, 내 친구들을 같이 지키지 못한다면. 주문이라는 얇은 보호막 안에서 나는 한없이 무력했다.

"회장 대리! 왜 이 자에게 길을 열어 주고 있습니까? 저자가 옥새를 손에 넣으면 내란이 일어날 겁니다! 그게 우리 시장에 득이 되겠습니까?"

윤 사장이 버럭 소리쳤다. 유슬은 짧은 침묵 끝에 입을 열었다.

"윤 사장, 당신도 내게 협조하도록 하시오. 저자가 약속을 지키도록 당신과 내가 강제해야 할지 모르니……. 저자가 옥새를 손에 넣으면, 옥새로 문을 봉인할 겁니다."

"문을? 숭례문을?"

"숭례문은 왕의 문이니 옥새로 봉인해 잠글 수 있습니다. 삼백 년 전 허기가 시장에 나타났을 때 그렇게 막았다는 기록을 읽었습니다. 이번에도 그렇게 허기를 막을 겁니다."

보관소 안에 침묵이 흘렀다. 윤 사장은 말을 잃고 마른침만 삼켰다. 박하가 벌떡 자리에서 일어나 말했다.

"저 사람이 거짓말을 하는 건지도 모르잖아요!"

유슬은 들은 척도 않고 윤 사장에게 말했다.

"당신은 시장에 정보원을 두었지만 나는 궁에 두었습니다. 옥새가 사라졌다는 건 공개되지 않았을 뿐 공공연한 사실입니다. 저 상자를 열면 확실해지겠지요."

윤 사장은 어쩔 줄 몰라 하며 머리를 움켜쥐었다.

"옥새라니, 이건 반역이오. 상인회 임원단 회의라도 열어 의논했어야지요, 당신은 회장 대리가 아닙니까."

"회의를 열면 대비책이 나올까요? 내 발목이나 잡겠지! 내가 허기를 막아 낼 겁니다, 내 능력을 증명해 낼 거라고!"

유슬은 이성적인 척하던 가면을 벗어던졌다. 시장을 위해서라는 허울 좋은 명목 아래, 유슬이 진짜 원하는 것이 드러났다. 자신을 증명하는 것.

"자신의 영달을 위해 허기를 막아 내겠다니, 허기를 채우는 게 아니라 더욱 굶주리게 하는 일 같구나."

이채의 말에 유슬의 미간이 좁아졌다. 유슬은 고집스럽게 이채를 외면했다. 이헌이 과장되게 웃으며 이채를 몰아붙였다.

"죽은 자께옵서는 산 자들의 일에 말을 붙이지 마시지요. 제 손으로 옷 하나 못 입는 허수아비 주제에."

더 이상 참을 수가 없었다. 나는 무작정 외쳤다.

"내가 허기를 반사할게요!"

"뫄!"

박하가 질겁해서 내 소매를 끌었다. 내 마음은 확고했다. 저자의 손에 옥새가 들어가는 걸 두고 보느니 그 위험한 실험을 시도해 보는 게 나았다.

"너는 차선책이다. 필요하다면, 네가 자원하든 하지 않든 그렇게 될 것이다."

유슬이 냉정하게 답했다.

"허기를 반사한다니, 그것도 꽤 볼만하겠구나."

이헌은 책상에 기대어 웃음을 흘렸다.

탕, 창고 문이 열렸다. 엄마는 문간에 서서 작은 보따리를 내밀었다. 다시 본 엄마의 얼굴은 정말 비어 보였다.

이헌은 보따리를 낚아채서 허겁지겁 풀고는 열쇠를 집어 들었다. 이헌은 싱글거리며 옥새함의 열쇠 구멍에 열쇠를 꽂았다. 열쇠는 구멍 안으로 쏙 들어갔다.

나는 확신했다. 저 자물쇠는, 열리지 않을 것이다.

이헌이 아무리 열쇠를 비틀어도 열쇠는 돌아가지 않았다. 이헌은 열쇠를 바닥에 집어던지고 엄마에게 버럭 소리를 질렀다.

"잘못 가져왔구나!"

엄마는 조금도 움츠러들지 않고 설명했다.

"모든 것을 열 수 있지만 모든 사람이 쓸 수 있는 것은 아닙니다. 왕실 사람이라면 어린애가 와서 돌렸어도 열렸을 겁니다."

"난 왕실 사람이 아니라 이거냐? 이딴 열쇠가 감히 날 판단해? 그럼 여기 죽은 왕이 열어 보면 되겠군!"

이헌이 이채를 잡아 일으켰다. 이채는 순순히 열쇠를 집고 열쇠
구멍에 넣어 돌렸다. 당연히도 상자는 열리지 않았다. 이헌은 열쇠
를 엄마에게 집어던지며 제대로 된 열쇠를 가지고 오라고 패악을 부
렸다.

"아닙니다, 형님. 열쇠는 정확히 알고 있군요. 저는 더 이상 왕실
사람이 아닙니다. 이름을 잘랐으니까요."

이채가 조용히 말하곤 모자를 벗었다. 옅은 잿빛으로 변한 머리카
락이 드러났다. 이헌은 눈을 부릅뜨더니 상자를 든 손으로 이채의 머
리를 후려쳤다. 이채의 이마에서 피가 흘렀다.

"다른 열쇠도 있겠지, 저 안에! 아니면 이 상자를 부술 도구라도
내어놓아라! 그 어떤 물질이라도 깨부술 수 있는 망치도 있다고 들
었다!"

이헌은 씩씩대며 엄마를 다그쳤다. 아, 그 말은 사실이었다. 그 망
치가 어디 있는지가 내겐 훤히 보였다.

"보관증을 주십시오. 그러면 물건을 드리겠습니다."

엄마는 감정 없이 말했다.

"껍데기 주제에! 비켜, 내가 직접 찾겠다!"

이헌은 책상을 홀쩍 넘어 창고 안으로 들어가려 했다. 엄마는 문
간에 선 채로 말했다.

"나는 여기를 벗어나면 안 됩니다. 누름돌이기 때문입니다."

"누름돌? 그런 건 필요 없어, 나와!"

이헌이 엄마를 잡아끌었다.

나는 엄마가 버틸 줄 알았다. 그러나 엄마는 가볍게 끌려나왔다. 이헌은 엄마를 밀어 버리곤 창고 안으로 뚜벅뚜벅 걸어 들어갔다. 분명 외부인은 창고로 들어갈 수 없다고 했는데!

나는 달려가 책상 위로 넘어진 엄마를 붙들었다. 엄마는 너무……가벼웠다.

"보관소 창고에 저렇게 막 들어가도 되는 것이냐?"

윤 사장과 유슬은 창고 문 앞까지 왔지만 들어가진 않았다. 나는 창고 안으로 뛰어 들어갔다. 이헌이 멋대로 창고 안에 들어간 것을 보니 엄마와 보관소에 이상이 생긴 게 분명했다. 막무가내로 보관함을 열어젖히고 있는 이헌을 어떻게든 끌어내야……. 어?

마치 창고 안에만 지진이라도 난 것처럼 나무 보관함들과 장과 농들이 미세하게 흔들렸다. 이헌이 건드리지 않은 함과 장의 문짝이 저절로 열리고 보따리 매듭이 풀렸다.

물건들이, 풀려나고 있었다.

이헌 뒤의 보관함 서랍이 튀어나오며 이헌의 등을 쳤다. 비틀거리는 이헌의 머리를 긴 자루가 덮쳤고 이헌은 허우적대다가 쓰러졌다.

서랍과 함을 벗어난 물건들은 바닥에서 통통 튀고 공중에 솟아오르더니 창고 문으로 쏜살같이 날아왔다.

"피해요!"

나는 문으로 뛰어와 엄마를 감싸며 책상 아래 엎드렸다. 물건들은 문과 벽에 부딪쳐 가며 창고를 빠져나왔다. 옷, 신발, 천, 그릇, 바구니, 가방, 시계, 효자손……. 물건들은 소용돌이 바람에 올라탄 것처럼 홀 안을 빙빙 돌았다.

"저것들이 왜 저러는 거요? 어떻게 좀 해 봐요!"

윤 사장이 엄마를 다그치자 엄마가 실낱같이 가느다란 목소리로 답했다.

"내가 눌러야 하는데……. 지금은 도저히 힘이 나지 않아……. 하나씩 잡아넣지 않고서야……."

좁고 어두운 창고 안에 갇혀 있던 물건들은 그동안 눌린 것을 보상받고 싶다는 듯 날아다녔다. 해를 입히려는 게 아니라 그저 자기 기운을 뿜어내고 있는 것이니 반사의 주문도 소용없었다.

"모라, 조심해!"

박하의 말에 납작 엎드렸다. 날카로운 금속 자가 화살처럼 내 머리카락 위를 스치고 지나가 윤 사장을 쳤다. 윤 사장은 고통스러워하며 팔을 움켜쥐었다. 손가락 사이로 피가 흘렀다.

"저 안으로 피해라……."

엄마가 칸막이를 가리켰다. 박하와 유슬이 토영을 칸막이 안으로 옮겼고, 나는 엄마를 부축했다. 모두가 안에 들어오자마자 물건들이 칸막이를 쾅 치고 지나갔다. 박하는 넘어질 뻔한 칸막이를 잡고 도로 세웠고, 이채와 윤 사장, 유슬도 칸막이들이 넘어지지 않도록 붙들었다.

펙펙, 판자 깨지는 소리가 났다. 무거운 물건들이 보관소 벽의 창문에 부딪치고 있었다.

"시장으로 나가려는 거야. 자기의 쓸모를 찾아서, 자기를 써 줄 누군가를 찾아서! 그럼 시장이 뒤집어질 거야!"

내 입에서, 내가 어찌 알았는지 모를 말이 튀어나왔다. 보관소의 물건들이 시장에 풀려 사람의 욕망과 만나면 무슨 일이 벌어질까? 우리가 윤도 때문에 겪은 일은 새 발의 피만도 못할 것이다.

"모라!"

반가운 목소리가 나를 불렀다. 까치가 탁자 위에 놓여 있었다.

"십이지신 그림을 찾아! 망한 액막이 그림이지만 말은 통해! 도와줄 거야!"

"십이지신 그림? 멀쩡하면 보관소에 있을 리가 없잖아!"

"인간이 제어할 수 없도록 세져서 보관된 것이니 믿져야 본전이야, 가 봐!"

칸막이를 나오자마자 날아온 책에 머리를 맞을 뻔했지만 가까스로 피했다. 물건들은 내게 마구 달려들었다. 써 달라고, 자기들을 알아 달라고 호소하면서.

나는 펄럭이는 넓은 천 밑에 숨어 기어갔다. 굴러온 북을 발로 차서 밀고, 목에 걸리는 목도리를 잡아 풀며 겨우 창고에 도착했다.

창고 안은 풀려난 물건들로 난리였다. 등잔과 전구가 어지러이 불을 밝혔고, 긴 줄이 휙휙 돌아가고, 신발들이 폴짝폴짝 줄을 넘었다.

챙챙 날카로운 소리와 피리 소리가 불협화음을 내었고, 도자기 인형들이 쓰러진 이헌을 무대 삼아 신나게 춤추었다. 모두 엄마가 누르고 있던 물건들이었다.

다행히도 어둠에 잠겨 있는 물건들이 더 많았다. 십이지신 그림은 그중 하나였다.

나는 엎어져 길을 막은 뒤주를 타고 넘어, 그림이 든 농까지 갔다. 손이 닿지 않을 제일 위 칸에 그림이 있었다. 사다리를 찾아 낑낑대며 들고 돌아왔는데 이런, 아래쪽 몇 칸이 부러져 덜렁거렸다.

"어디 줄 같은 거 없나?"

머릿속 정보들을 뒤지는데, 익숙한 것이 내 다리를 타고 기어올랐다. 우리가 보관소에 맡긴 그 덩굴이었다. 무섭기보다는 화가 났다.

"당장 멈추지 못해!"

뚝 움직임이 멈췄다. 나는 덩굴을 잡아들어 부러진 디딤판을 묶어 고정시켰다. 덩굴은 질기고 끈끈한 만큼 꽉 잘 묶였다.

사다리를 올라 맨 위 서랍에서 두루마리 묶음을 찾았다. 열두 개나 되는 두루마리는 꽤 무거웠다. 겨우 사다리를 내려와 묶은 끈을 풀어내자마자 두루마리들이 저절로 휙휙 펼쳐졌다.

쥐, 소, 호랑이, 토끼, 양…….

비단 천에 그려진 십이지신은 갑옷을 차려입고 손에 저마다의 무기를 든, 위엄 넘치는 장수들이었다. 나도 모르게 무릎을 꿇었다.

"저기, 안녕하세요. 부탁을 드리러 왔어요."

"너는 누구냐?"

검을 든 양이 물었다. 휘어진 두 뿔은 날카롭고 무시무시했다. 나는 마른 입술을 축이고, 내가 스스로 하게 될 줄 몰랐던 말을 했다.

"나는, 보관소의 핏줄입니다."

닭이 긴 낫을 내게 겨누었다.

"우리를 가두고 누른 것이 너로구나. 우리는 이 나라를 지키기 위해 힘을 부여 받은 것뿐인데."

"그건 당신들을 맡긴 이에게 따져 물을 일이죠. 우리는 맡은 바 책임을 다 한 것밖에 없어요."

우리, 보관소의 우리. 그런 말이 자연스럽게 나왔다.

"보관소 물건들이 풀려났어요. 무겁고 날카로운 것들을 잡아 주실 수 있나요? 그것들이 창문을 깨고 보관소 밖에 나가려 하거든요."

"그건 안 될 일이지. 우리가 해야 할 일은 한결같다. 이 땅의 소란을 제압하는 일."

토끼가 위엄 있는 태도로 말했다.

열두 장수들은 그림에서 솟아나 바람처럼 빠르게 창고를 빠져나갔다.

십이지신들은 무기로 물건들을 쓸었다. 물건들은 낫이며 창에 걸려 바닥에 내팽개쳐졌다. 홀에 나온 물건들은 모두 십이지신의 기세에 눌려 잠잠해졌다. 금속 자들은 끝까지 요리저리 빠져나가려 했지만 쥐와 닭의 협공에 걸려 잡히고 말았다.

나는 힘을 잃은 자부터 그러모아 빈 함에 넣고 잠갔다. 다음으론 칼이며 문진처럼 날카롭고 무거운 것들을 주워 상자에 넣었다. 손에 생채기가 나는 것도 무릅쓰고 바쁘게 움직였다.

"밖은 어떨까."

소가 말했다. 시장으로 나가고 싶어 하는 건가? 그건 안 되는데!

"우리의 때가 오겠지. 보관소의 인간이 우리를 필요로 한 것처럼 이 땅의 인간들이 우리를 필요로 할 때가 올 것이다. 그때까지 우리는 기다려야 한다."

뱀이 엄숙하게 말했다.

십이지신은 창고 안으로, 그림 속으로 되돌아갔다.

그들이 사라지자 나머지 물건들이 도로 들썩이기 시작했다. 아차, 좀 더 있어 달라고 할걸. 위험한 물건들은 해결했지만 남은 것들을 정리해 넣으려면 시간이 필요했다.

"눌러야 한다……."

엄마는 일어서려 했지만 몸을 가누지 못하고 휘청거렸다. 나는 엄마에게 물었다.

"누름돌이란 거, 보관소의 핏줄이면 할 수 있는 거예요? 그럼 내가……."

"절대 안 돼!"

엄마가 큰소리를 냈다. 석상처럼 굳어 있던 엄마의 얼굴에 아주 잠깐 감정이 돌아왔다. 놀람과 분노, 걱정과 슬픔. 엄마가, 인간으로 보였다.

"그러지 말라고 내가 남은 건데……. 너는 벗어나게 하려고 내보
낸 건데! 그 주문까지 걸어서!"

다음 순간 엄마는 다시 싸늘하게 굳었다. 표정이 사라지고 어깨에
선 힘이 빠졌다. 그러나 눈빛만은 불타오르듯 생생했다.

"모라, 저기!"

박하가 바닥을 가리켰다. 그릇이 데구루루 구르고 옷이 펄럭이기
시작했다.

엄마의 말을 무시한 건 아니었다. 그저, 나는 행동했다. 숨 쉬는 것
처럼 자연스럽게 나를 드러냈다. 물건 하나하나를 내 손 아래, 품 안
에 모아 안는 것처럼.

물건들이 멈췄다. 진동하고 꿈틀거리기는 했어도 움직이지는 않
았다. 내가 누른 것이다.

"안 된다, 안 돼……. 모라……."

엄마의 굳은 뺨 위로 눈물이 흘렀다.

엄마의 마음을 헤아리기에는 만족과 기쁨이 더 컸다. 내가 보관소
를 장악하고 있었다.

가벼운 것들만 남아서 그런지 많이 힘들지도 않았다. 무거운 책가
방을 멘 것 같은 압박이 느껴질 뿐, 도리어 안정감이 느껴지기도 했
다.

"괜찮은데, 요."

헉, 숨이 찼다. 나는 애써 숨찬 것을 감췄다.

"도깨비 소굴 같으니……. 내가 왕이 되면 다 쓸어 버리겠다. 망치, 망치는 어디 있지?"

이헌이 창고에서 나왔다. 반쯤 정신이 나간 이헌은 바닥에 흩어진 물건을 뒤지기 시작했다.

"보관소의 물건들이로구나."

윤 사장도 눈을 희번덕거리며 허리를 굽혀 뭔가 집어들었다. 그때였다.

"거기서 뭣들 하시오? 여기는 어디요?"

들리면 안 되는 목소리가 홀 저편에서 들려왔다. 그제야 나는 보관소가 한층 밝아졌다는 걸 깨달았다. 창문이 깨졌나? 전등에 불이 더 들어왔나? 아니었다.

보관소의 철문이 활짝 열려 있었다.

허기와
껍데기

상황을 가장 먼저 파악한 것은 박하였다. 박하가 문으로 달려가며 외쳤다.

"사람들이 들어오지 못하게 문을 닫아야 해요! 회장 대리님! 윤 사장님! 뭐 하세요!"

유슬은 넋 나간 듯 서 있다가 문으로 달려갔다. 윤 사장은 망설였다. 손에 든 붓 묶음에서 눈을 떼지 못하기에 홀린 건가 싶었는데, 윤 사장은 눈을 질끈 감으며 붓을 내팽개쳤다. 그러곤 뛰어가 박하와 유슬과 함께 철문을 닫으려 했다.

그러나 문은 꼼짝도 하지 않았고 안을 기웃거리는 사람들만 늘어났다.

"여기는 어딥니까? 공사판에 건물이 갑자기 생겨났다고요! 옆 건물을 쳐서 벽에 금이 갔어요!"

유슬은 해쓱한 얼굴로 사람들을 막았다.

"당장은 공개할 수 없습니다. 이곳은 상인회 임원단의 관리 하에 있으니 물러서십시오."

그러나 사람들은 쉽사리 떠나려 하지 않았고, 곧 최악의 상황이 벌어졌다.

"여기 혹시 물품보관소 아냐?"

맙소사, 눈썰미 좋은 누군가 이 장소의 정체를 알아차린 것이다. 사람들의 동요가 커졌다.

"맞습니다. 이곳은 물품보관소입니다. 임원단에서 비상사태를 해결할 계획이니 모두 물러나 주십시오. 위험합니다!"

유슬은 정면 돌파를 택했다.

그러나 이헌이 보관소 안에서 흐트러진 물건을 헤집는 모습이 사람들을 자극했다. 놀람과 두려움이 의심과 욕망으로 변하기까지는 그리 많은 시간이 걸리지 않았다.

"저 사람이 좋은 거 다 가져가겠네! 우리도 들어가자!"

사람들은 물밀듯 보관소 안으로 들어왔다. 한 번 선을 넘은 사람들은 거칠 것이 없이 물건을 뒤졌다.

"다 챙겨. 겉만 봐선 몰라. 보관소에 있었으니 특별한 거겠지!"

"숨겨 놓은 것도 있다!"

사람들은 칸막이마저 넘어뜨리고 얼마 되지 않는 엄마의 물건에까지 손을 댔다.

엄마는 멍하니 사람들을 보고 있었다. 보관소의 주인이어도, 물건들을 누를 수는 있어도 사람들을 말리지도 물건을 지킬 수도 없었다.

나 역시 마찬가지였다. 내가 할 수 있는 것은 이채, 박하와 함께 토영을 보호하는 것뿐이었다.

이헌은 기어코 망치를 찾아냈다. 이헌은 망치로 상자를 내리치자 퍽, 자개 상자가 깨졌다. 이헌은 입이 찢어져라 웃으며 파편 속에서 물건을 집었다. 검은빛의 큰 도장이었다.

원하는 바를 이룬 이헌은 사람들을 헤치고 밖으로 나가려 했다. 그러나 물건 줍기에 혈안이 된 사람들은 이헌에도, 이헌이 든 옥새에도 관심이 없었다.

"비켜! 비켜라! 왕의 옥새다! 이 무지렁이들, 당장 비키지 못하겠느냐!"

철저하게 무시당하는 이헌을 꼴좋다고 비웃어 주고 싶었지만 그럴 여유조차 없도록 분위기가 심각했다. 핏발 선 눈으로 물건들을 뒤지고, 주머니에 넣고, 빼앗으려는 사람들의 모습은 굶주린 짐승들 같았다.

"내 거야! 내가 먼저 봤어!"

사람들은 서슴없이 주먹을 날리고 머리채를 잡았다. 물건들이 이들을 홀린 것이다. 물건들로서는 보관소를 나가는 가장 확실한 방법이었다.

"이러다 다들 다치겠어요, 그만하세요! 큰일난다고요!"

아무리 소리쳐도 난리통은 정리될 기색 없이 점점 더 심해질 뿐이었다.

그때였다.

뎅— 뎅— 뎅—!

불길하게 울리는 종소리와 함께 멀리서 고함 소리가 들려왔다.

"허기다, 허기가 들어왔다!"

그 말이 사람들의 이해에 닿기까지는 시간이 걸렸다.

"뭐가 들어왔다는 거야?"

사람들이 하나둘 손을 멈췄다. 이헌마저 옥새를 내리고 두리번거렸다.

쾅! 철문 쪽 벽이 터져나갔다. 나는 본능적으로 몸을 수그렸다. 눈에 굵은 먼지가 들어가 눈물이 줄줄 흘렀다. 꼼짝 못 하고 있다가 겨우 눈을 떴을 때, 흐린 시야로 노을 진 하늘이 보였다.

철문 한쪽은 흔적도 없이 사라졌고 벽도 반은 무너졌다. 신선한 가을바람에 정신이 들었다.

아니, 정신이 나간 건가.

부서진 벽 위로 난생처음 보는 희한한 것이 서 있었다. 반투명한 몸집은 집채만 하고 긴 털은 북슬북슬했다. 짧은 다리와 거대한 입을 가진 허기가 거기 있었다.

허기가 입을 쫙 벌렸다. 깊은 목구멍 너머로 일그러진 시장의 풍경이 비쳐 보였다. 사람들은 비명을 지르며 피했다.

휙, 화살이 날아와 허기의 머리 쪽에 박혔다. 문지기들이 활을 쏘고 있었다. 그러나 허기에겐 아무 영향도 주지 못했다. 허기는 앞발로 부서진 벽을 딛고 보관소 건물 안을 들여다보더니 긴 혀로 바닥을 쓸었다. 물건들이 허기의 입으로 빨려 들어갔다.

"물건들을 줘! 그걸로 배를 채우게 해!"

윤 사장이 외쳤다. 사람들은 혼란스러워했다.

"귀한 것들인데!"

"사람 목숨보다 귀하냐고요!"

나는 앞장서서 물건들을 허기를 향해 던졌다. 박하와 유슬도 함께했다. 허기는 우리가 던지는 물건들이 맛난 먹을거리라도 되는 양 넙죽넙죽 받아먹었다.

그 와중에 이헌과 몇몇 사람들이 물건을 들고 무너진 벽을 넘으려 했다. 그 움직임이 허기의 눈길을 끌었다. 허기는 몸을 돌려 그들 쪽으로 입을 벌렸다.

나머지는 물건을 버리고 도로 보관소 안으로 도망쳤지만 이헌은 허기를 향해 옥새를 쳐들었다. 자기가 왕이니 말을 들으라고 요구하는 것처럼.

그러나 허기에게 옥새는 맛있는 먹이에 불과했다. 허기는 큰 입을 벌려, 이헌을 통째로 입에 넣었다. 반투명한 허기의 목 안에 이헌의 다리가 걸려 있는 게 보였다. 허기는 꿀꺽, 이헌을 마저 삼켰고 이헌은 곧 보이지 않게 되었다.

허기는 으르렁대며 보관소 안으로 기어 들어왔다. 사람들이 비명을 지르며 뒤로 물러났다. 딱 한 명, 이채만 빼고. 이채는 정신을 잃은 토영의 곁을 지키느라 자리를 피하지 못했다. 허기가 이채와 토영의 코앞에서 거대한 혀를 날름거렸다.

머리보다 몸이 앞섰다. 나는 달려가 허기 앞을 막아섰다.

"날 먹어 봐, 그럼 네가 네 이빨에 씹히게 될 테니!"

사실은 무서웠다. 반사의 주문이 발휘될까? 안 되면 어떻게 하지? 제발!

허기가 내 코앞까지 다가왔다. 귀 옆에서 미친 듯이 맥박이 뛰었다. 포기와 희망이 동시에 어우러진 숨 막히는 순간!

허기가 몸을 뒤로 빼며 펄쩍 뛰었다. 허기 뒤에, 팔들의 노점에서 보았던 할머니가 의기양양하게 서 있었다. 박쥐무늬 스카프가 할머니의 어깨에서 휘날렸다.

"내 오래 너를 기다렸다! 백 년 만이구나!"

할머니는 손에 얇은 철사 같은 걸 들고 있었다. 허기의 색깔과 같았다. 지금 허기의 털을 뽑은 거야?

"오, 꼬마야, 다시 만나 반갑구나!"

할머니는 웃으며 말하고는 허기의 꼬리 쪽으로 손을 뻗어 반투명한 털을 한 움큼 잡아 뜯었다.

허기가 몸부림치며 꼬리를 휙 움직였다. 할머니는 잽싸게 피했고, 허기의 꼬리가 보관소의 남은 벽을 세차게 쳤다. 벽과 천장이 우르르

무너졌고 허기의 꼬리가 내 눈앞으로 빠르게 다가왔다

"모라! 피해!"

피할 수 있었으면 내가 김모라가 아닐 것이다. 나는 그저 눈을 꼭
감았다.

아무 충격이 없었다. 눈을 떠 보니 허기는 저만치에서 나뒹굴고
있었다. 주문이 통한 것이다!

허기는 약이 오른 듯 입을 벌리고 내 쪽으로 펄쩍펄쩍 뛰어왔다.

도망가고 싶었다. 하지만 참았다. 주문을 믿었다.

허기는 내 앞으로 머리를 들이밀었다. 자석의 같은 극끼리 마주
누르는 것처럼, 고작 두 뼘의 간격을 두고 엄청난 압력이 나를 눌러
댔다. 숨조차 못 쉬도록 가슴과 목을 눌러 대는 힘을 받으며 나는 끝
까지 버텼다. 견디고, 참았다. 참는 거라면 자신 있었다.

"헉!"

밀던 힘이 사라져 나는 내동댕이치듯 앞으로 쓰러졌다. 허기가 왔
던 길로 도망가고 있었다.

아니, 도망이 아니라, 자신이 쏟아부었던 그 힘만큼 도로 받아 파
도에 휩싸여 가듯 밀려나고 있었다.

주변 것들이 허기 쪽으로 빨려 들어갔다. 진열된 물건들과 거리의
간판들과 노점의 파라솔, 그리고 나까지도.

나는 강력한 바람에 끌려가다가, 한쪽만 남은 철문의 손잡이를 붙
잡고 버텼다. 발이 붕 떴다. 손바닥이 타들어 가듯 아팠다. 물건들을

수습하느라 여기저기 베이고 쓸린 손이었다.

팔이 빠질 듯했다. 한계였다. 이대로 손을 놓고 눈을 감아 버리면 편하겠지…….

그때, 강한 손이 내 팔을 잡았다.

엄마!

엄마는 홀로 서서, 두 손으로 나를 잡아당기고 있었다. 그 가벼운 엄마가 어떻게 이 바람에 끌려가지 않는 거지? 오래 생각하기엔 너무 지쳤다. 잡아끄는 힘이 서서히 줄어들고, 마침내 나는 바닥에 내려앉았다. 끌려가지 않을 것을 확신하자마자 나는 정신을 잃었다.

허기는 그대로 숭례문으로 밀려가 문을 통과한 뒤 사라졌다. 배속에 이헌과 물건들을 삼킨 채로. 보관소가 먹음직스러운 냄새를 풍겼을 거라고, 보관소야말로 허기가 배를 채우기 딱 좋은 곳이었다는 얘기는 나중에 들었다.

내가 눈을 떴을 때는 두 시간이 지나 허기를 비롯한 여러 문제가 해결된 뒤였다. 토영은 여전히 여우인 채였지만 우리를 알아보았고, 사람들이 보관소 안으로 들어오지 않도록 상인회가 상황을 정리했다. 그러나 안심하기엔 일렀다. 가장 심각한 문제가 나를 기다리고 있었다.

바로, 엄마.

나는 눈을 뜨자마자 박하와 이채의 부축을 받아 보관소 홀로 나갔

다. 상인회 임원들이 임시 회의를 열었다는 소리에 마음이 급했다.

보관소는 대충 정리가 되어 있었다. 무너진 벽 쪽에 막을 쳐서 사람들의 시선을 막았고 전깃줄을 끌어와 조명을 단 덕에 홀 안은 환히 밝았다.

스무 명 남짓한 사람들이 보관소 홀에 둥글게 둘러앉아 대화를 나누는 중이었다. 유슬과 윤 사장도 있고, 꽃시장의 화주도 있었다. 허기의 털을 뽑은 박쥐 스카프 할머니도 거기 있었는데, 할머니는 그 소동에도 기적적으로 멀쩡히 남은 책상 위에서 올라앉아 상인회 사람들을 구경하듯 내려다보았다.

엄마는, 마치 죄인처럼 사람들에 둘러싸여 작은 의자에 쪼그리고 앉아 있었다. 정말로 껍데기같이 가볍고 비어 보였다.

"보관소를 폐쇄하고 남은 물건들은 우리 상인회 임원단이 관리하도록 합시다."

중년 남자가 말했다. 두 눈이 둥글고 튀어나와 있어 물고기같이 생긴 남자였다. 엄마에게서 자격을 박탈하고 상인회가 남은 물건들을 관리해야 한다는 얘기였다.

"어떻게 껍데기에게 보관소를 맡기겠소!"

아, 이 사람들은 엄마를 아예 껍데기로 취급했다.

"제발, 여러분……. 물건을 탐내던 이가 어떻게 되었는지 다들 보지 않았습니까. 이러다 허기가 다시 돌아오겠습니다."

윤 사장이 붕대를 감은 손으로 이마를 짚었다. 물고기 남자가 윤 사장에게 삿대질을 했다.

"지금 내가 물건을 탐내서 이러는 걸로 보이오? 당신들은 보관소에 맘대로 들어와 놓고, 우리는 손 떼라 이거요? 회장 대리, 당신도 뜻을 밝히시오!"

헝클어진 머리카락과 먼지로 더럽혀진 얼굴을 하고, 유슬은 모여 앉은 사람들을 죽 둘러보았다. 그 시선이 멀찍이 선 내게 닿았다. 딱딱하게 굳은 유슬의 표정이 순간 허물어졌다. 화를 내고 싶은 것 같기도 하고 울고 싶은 것 같기도 한 표정으로 유슬이 나를 가리켰다.

"저기 보관소의 핏줄이 있습니다. 뒤를 이을 수 있을 겁니다."

상인회 사람들이 일제히 나를 돌아보았다. 나는 몸을 꼿꼿이 세웠다.

"저 아이에게는 반사의 주문이 걸려 있소. 그 주문은 보관소에 보관된 것이었던 게 확실해요! 보관소 것을 제 것처럼 쓴 인간을 어떻게 믿나! 그 전에, 회의와 상관없는 이들이 왜 이리 많아요?"

물고기 남자는 우리를 내보내고 싶어 안달이었고, 논의는 우리가 이 회의를 참관할 자격이 있는지에 대한 것으로 바뀌었다.

"저 여우를 밖에 내보내면 사람들이 사냥하려 들 겁니다. 여기 두는 게 옳습니다."

윤 사장이 말했다. 여전히 토영을 가지려는 욕심을 못 버렸나! 그런데 윤 사장은 허탈한 어조로 덧붙였다.

"……그 옆은 여우의 전 주인이니 합당한 예우를 해야 합니다. 여우의 소유권을 가진 것으로 인정해야 할 것이고요."

"나는 갈치조림 집 손녀예요. 시장에서 태어나 자랐다고요. 상인회 임원회의를 참관할 자격이 있어요."

박하가 꿋꿋이 주장했고, 나 또한 말했다.

"저는 보관소의 핏줄이니까 이 자리에 있을 거예요."

"아까부터 신경 쓰였는데, 저기 저 사람은 왜 우릴 지켜보고 있는 건데요?"

치렁치렁한 귀걸이를 단 젊은 남자가 책상에 앉은 할머니를 흘낏 쳐다보았다. 박쥐 스카프 할머니는 빙글빙글 웃기만 했다.

"모른 척해요⋯⋯. 그, 분이잖아요."

넓은 챙 모자를 쓴 여자가 귓속말을 했다. 남자는 어리둥절한 듯 고개를 갸웃거렸다.

회의가 이어졌고 의견은 첨예하게 갈렸다.

"정 그렇다면, 보관소의 주인이 진짜로 껍데기가 되었는지부터 재어 보도록 합시다. 저울을 가져오도록 하겠소."

물고기 남자가 새로운 제안을 했다. 유슬과 윤 사장도 그 의견에 는 반대를 표하지 못했다.

저울이라니? 박하는 조급하게 내게 속삭였다.

"껍데기는 가볍잖아. 저울로 재면 인간인지 껍데기인지 알 수 있어. 모라, 저울은 피해야 해. 진짜 껍데기로 딱지 붙으면 인간 취급도 못 받게 돼. 보관소 일은 상인회가 알아서 처리하라고 하고 엄마를 모시고 나가자."

　박하의 말이 옳았다. 그러나 엄마는 나가자는 말에 격렬하게 반응
했다.

　"여긴 내 집이고, 이건 내 일이야."

　엄마의 무표정한 눈에 눈물이 고였다. 이러지도 저러지도 못하는
데, 이채가 내 주의를 돌렸다.

　"모라, 껍데기에 대한 옛이야기를 읽은 적이 있다. 껍데기에게는
기억이 무게가 된다고 했다. 껍데기가 되어 가는 사람의 기억을 되살
려서 다시 인간으로 만들었다지. 속는 셈치고, 어머니의 기억을 되살
려보아라."

　무엇이든 해 보려 했다. 그러나 엄마와 내가 공유하고 있는 기억
은 너무나 빈약했다. 그나마 아빠뿐. 아빠의 이름과, 좋아하고 싫어
하는 것들, 눈썹 위의 점과 말버릇 같은 것을 얘기하는데, 갑작스레
엄마가 말했다.

　"미안하다."

　누가 절벽에서 등을 민 것처럼 심장이 덜컹 내려앉았다.

　"네가 내게 바라는 게 뭔지 생각해 보는데 생각이 안 나. 그게 미
안해."

　"왜 그걸 생각하고 있어요, 기억을 하라니까……."

　엄마가 미웠는데. 미워할 만한 일이 많았던 거 같은데, 지금은 밉
지가 않았다. 지금 내가 엄마에게 바라는 건 하나였다. 주문을 때 주

지 않아도 되고 날 기억 못 해도 되니까 엄마가 무사하기를 바랐다.

"엄마, 우리 보관소에서 나가요. 그럼 저울에 올라가지 않아도 되고, 엄마도 자유로워질 수 있어요."

엄마는 끈 떨어진 꼭두각시 인형처럼 앉아 자기 손을 내려다보고 있었다. 억지로라도 데리고 나가야 할까. 박하의 손을 빌리려는데, 엄마가 말했다.

"왜 네게 주문을 걸었는지 물어봤었지. 기억이 났어."

분명 알고 싶었다. 그러나 지금은 그다지 아무 상관없었다. 그저 빨리 엄마를 데리고 여길 떠나고 싶었다.

"그 얘기는 나중에……."

내 말을 끊으며 엄마가 말을 이었다.

"모라 너는 저쪽 세상과 잘 맞지 않았어. 찬바람 한 줄기에도 감기에 걸리고 물로만 씻겨도 두드러기가 올라왔지. 널 보호할 방법을 찾기 위해 시장 곳곳을 다 뒤졌고, 결국은 반사의 주문이 비슷한 효과를 낼 수 있을 것이라 결론 내렸어. 저쪽 세상에선 주문의 힘이 줄어들 테니 티 나지 않게 널 지킬 수 있을 거라 생각했다."

"저쪽에서만 아팠던 거면 시장으로 돌아와 살았으면 되는 거잖아요."

"아니. 널 여기 가두기 싫었어."

엄마가 높낮이 없는 말투로 중얼댔다.

"우리는…… 보관소의 핏줄은 갇혀 살아야 해. 누름돌이 되어 물건들의 기운을 눌러야 해. 너마저 그렇게 되도록 둘 수는 없었다."

엄마가 내놓은 진심은 순식간에 내 말문을 막을 정도로 무겁고 진했다. 물건을 누르지 말라고 하던 엄마의 목소리가 생생하게 떠올랐다.

반사의 주문은, 날 세상 전체로부터 보호하는 주문이었다. 나는 하나도 모르고 살았다. 보호받는 줄도 모르고, 거기 담긴 엄마의 뜻도 모르고.

"저울이 왔습니다!"

입구를 가린 막을 걷고 상자를 든 사람들이 들어왔다.

저울은 넓적한 금속판이었다. 긴 홈이 파여 있고, 탁구공만 한 금속 구슬이 그 안에 놓여 있었다. 인간으로서의 무게가 충분하면 구슬이 왼쪽으로 움직이고 가볍다면 오른쪽으로 갈 것이라 했다.

모두가 지켜보는 가운데 엄마가 천천히 저울 위로 올라갔다. 구슬은 양쪽을 오가다 딱 가운데 멈췄다.

"저 정도면 껍데기로 봐야지! 인간이라기엔 가벼워!"

물고기 남자가 기세등등하게 외쳤다.

기억을 하나 더 이야기할걸! 후회하는 내게 박쥐 스카프를 두른 할머니가 훌쩍 다가왔다. 할머니는 내 손에 딱딱하고 둥근 것을 쥐어 주었다. 환혼석이었다.

"보기보단 무겁단다."

할머니가 한쪽 눈을 찡긋 감았다 떴다.

나는 돌을 움켜쥐고 유슬에게 호소했다.

"엄마에게 한 마디만 하게 해주세요! 잠깐이면 돼요!"

보관소를 뺏으려는 이들은 반대했지만 유슬은 허락했다. 나는 엄마 앞에 섰다. 속삭이는 척하려고 했는데, 두 팔이 저절로 엄마를 끌어안아 버렸다. 낯선 부피감에 머리카락이 쭈뼛 섰다.

뭐라고 말을 하고 싶었다. 하고 싶은 말이 분명 있는데 목 안 어딘가 붙은 것처럼 나오질 않았다. 그저, 따뜻했다. 엄마는 껍데기가 되어 가고 있어도 따뜻했다.

끝내 아무 말도 하지 못하고 엄마의 앞치마 주머니에 몰래 환혼석을 넣었다. 나는 엄마를 놓고 물러섰다.

도르르, 금속 구슬이 왼쪽으로 굴러가더니 끝에 닿고서야 멈췄다.

물고기를 닮은 남자가 무슨 짓을 한 거냐며 버럭 화를 냈다. 나는 내 어릴 적 이야기를 했다고, 그 기억이 무게가 많이 나가나 보다고 잡아뗐다. 박하와 이채가 얼른 엄마를 부축해 저울에서 내려오도록 했다.

"아쉽구나, 재밌는 구경을 놓쳤어!"

박쥐 할머니가 깔깔 웃으며 책상 위로 뛰어 올라갔다. 할머니는 책상 위에서 춤추듯 발을 굴렀다.

"저이를 보관소에서 끌어냈다면 갈라진 틈을 겨우 막고 있던 마지막 누름돌을 뽑아낸 셈이 됐을 테지. 보관소는 터져 나갔을 거야! 여기 있는 인간들 모두와 함께!"

"그걸 왜 지금에야 말합니까!"

윤 사장이 기겁해 소리쳤다.

"허기가 저이를 끌어당기는데도 바닥에 붙은 듯 꼼짝도 않던 걸 다들 보았을 거 아닌가. 그토록 강하게 보관소에 묶인 사람을 억지로 끌어냈다면 당연히 문제가 생겼겠지. 터져 나갔으면 그게 우리의 운명이었을 거고. 내 여정도 이대로 끝인가 싶었다만 연장이 되었구나."

할머니는 책상에서 폴짝 뛰어 내려와 손에 든 허기의 털로 상인회 임원들을 쿡쿡 찔러 댔다.

"다들 괜한 욕심 부려 허기를 도로 불러들이지나 말게나."

"앗, 따가워! 저기요, 진짜 누구세요?"

귀걸이를 단 남자가 몸서리치며 묻자 꽃시장의 화주가 그 남자를 말렸다.

"저 박쥐무늬를 보면 모르겠니. 시장 역사 좀 공부하거라."

유슬은 회의를 해산했다. 물고기 남자는 끝까지 미련을 못 버린 듯 미적대다가, 박쥐 할머니가 허기의 털을 휘두르자 자리를 떠났다.

마지막까지 남은 유슬이 할머니에게 다가왔다. 유슬은 경계심 어린 목소리로 조심스럽게 말했다.

"백 년 전의 그분이시군요. 직접 뵙게 되다니…….'

백 년이 농담이 아니었단 말인가. 할머니가 껄껄 웃었다.

"딱히 반갑진 않지? 시장 어디에 있겠구나 짐작만 하고 눈앞에 안

허기와 껍데기

나타는 게 너희에겐 더 속 편했으련만. 걱정마라, 시장의 딸아. 시장에서 얻을 건 다 얻었으니 나는 동쪽으로 갈 것이다. 거기서 달 조각만 얻으면 불가사리를 만들 수 있지."

할머니가 말하는 불가사리며 달 조각이 비유로 하는 말이 아니라는 건 확실히 알겠다. 허기의 털까지 뽑아낸 사람이니까.

"도와주셔서 고맙습니다."

내가 할머니에게 인사하자 할머니는 어깨를 으쓱했다.

"그 돌은 네 엄마가 가지고 있는 게 낫겠다. 죽은 자를 살리지는 못하지만 껍데기에 무게를 더할 수는 있을 거야. 어차피 보관소에 있어야 할 물건이고, 허기의 털도 네 덕분에 얻었으니. 네가 허기의 미끼가 되어 준 셈이었지! 먹혔다면 미안할 뻔했어."

할머니는 보관소를 죽 훑어보았다.

"이리 깨끗해진 걸 보니 내 속이 다 시원하다. 그래, 여기는 허기나 되어야 치울 수 있는 곳이었어. 쥐고 있는 것은 인간의 본성이지. 잘못된 걸 알면서도 끌어안고 놓질 못해. 이렇게 허기가 휩쓸고 간 다음에나 정신을 차린다. 그러니, 허기는 시장의 적이 아니라 시장의 일부야. 허기가 없으면 완벽할 것 같으냐? 시장이 안전할 것 같으냐? 아니지, 시장에는 허기가 필요하다."

마지막 말은 유슬을 향한 것이었다. 유슬은 뭐라 반박하고 싶은 것처럼 입술을 달싹였지만 말을 삼켰다. 박쥐 할머니는 지그시 유슬을 바라보다가 내게로 시선을 돌렸다.

"어라? 네 기운 역시 무뎌졌구나. 허기가 그 주문도 꽤나 먹어 치웠나 보다."

"진짜요?"

할머니가 허기의 털로 내 어깨를 찰싹 때렸다.

"아야!"

깜짝 놀랐다. 따끔한 아픔이 뚜렷이 느껴진 것이다. 반사되지 않았다!

"맞지? 아주 사라진 건 아니야. 그 주문은 너와 함께 자라나며 얽혀 네 일부가 되어 버렸으니 쉽게 떼어 낼 순 없어. 그래도 한쪽이 뚫렸구나. 막힌 게 흐르면 오래된 것들은 넘쳐 빠질 거야. 그리고 빈자리에 새로운 것들이 채워지겠지."

내 눈은 저절로 엄마를 찾았다. 그 말은 보관소와 엄마에 대한 것으로 들렸다.

"저기, 엄마는요. 아까, 엄마가 보관소에 묶여 있다고 하셨는데……. 그럼 엄마는 여기서 영영 못 나가요?"

"그야 자신의 선택에 달렸지."

할머니는 뻔한 답을 내놓았다.

"한 번 나가 본 적 있으니 두 번은 못 나갈까. 여태까지는 사방이 꼭 막힌 곳에서 제 몸이 껍데기가 되는 줄도 모르고 누르고만 있었겠지만, 이제 사방이 트였으니 시야가 넓어지지 않겠니. 그럼 잘 지내라. 언젠가 시장 밖에서 만날 일이 있겠지!"

할머니는 허기의 털을 보따리에 챙겨 넣고는 성큼성큼 보관소를 걸어 나갔다. 스카프의 박쥐무늬가 인사를 건네듯 경쾌하게 흔들렸다.

모든 답에는
여지가 있다

보관소 주변 상점들도 허기로 인해 피해를 입었다. 그러나 피해 규모가 작았고 크게 다친 이도 없었기에 허기와 보관소를 둘러싼 논란은 예상보다 빨리 정리되었다.

이헌은 마치 없던 사람인 것처럼 묻혔다. 윤 사장 말로는 상인회 임원단과 왕실 사이에 모종의 합의가 있었을 것이라 했다. 옥새를 도둑맞은 사실이 들통나느니 덮어 두는 것이 왕실에게도 나은 선택이었다.

반사의 주문은 끝까지 말썽이었다. 보관소에 보관되었던 주문을 함부로 꺼내 썼다는 이유로 나와 엄마를 고발하는 이들이 나온 것이다. 나는 이 주문이 보관되었던 것이라는 증거가 없다고 주장했지만 받아들여지지 않았다. 증인이 되어야 할 엄마는 모르겠다는 말로 일관했다.

허기를 반사해 낸 공로를 내세워 고발을 무마시켜 준 것은, 놀랍게도 유슬이었다. 그게 회장 대리로서 유슬이 한 마지막 일이었다.

유슬은 사건의 종합적인 책임을 지고 자리에서 물러났고 보관소를 새로 짓는 일의 책임을 맡았다. 윤 사장의 말에 따르면 벌을 받는 거나 다름없는 고생스런 일이라 했지만, 정장을 입고 검을 차는 대신 실용적인 차림에 서류를 한 아름 안고 있는 모습이 유슬과 잘 어울렸다.

"다음 달 말에 물건 목록을 확인하겠습니다. 정리를 부탁드립니다."

유슬이 엄마에게 말했다. 엄마는 가만히 있었다. 아니, 아주 미세하게 고개를 끄덕였다.

"지금 알겠다고 한 거거든."

내가 설명하자 유슬은 탐탁지 않은 듯 나를 힐끗 보았다.

"그 정도는 나도 안다."

엄마는 확실히 상태가 나아지고 있었다. 보관소 물건들이 반 이상 허기의 배 속에 들어간 덕에 누를 부담이 적어진 것이 회복에 도움이 되었다고 들었다.

"여러 사람을 만나 대화하는 것도 인간성을 되찾는 데 영향을 미친다고 하더군. 보관소가 고립되지 않고 열린 공간이 되면 더 나아질 것이다."

유슬이 건조하게 말했다. 유슬은 병풍들도 데리고 다니지 않았는데, 대신 그들이 보관소 주변의 치안을 맡은 것 같았다. 물건을 노리고 근처를 어슬렁거리던 이들이나 여우 사냥꾼들은 자취를 감췄다.

"어, 고마워."

유슬에게 이런 말을 하게 될 줄은 꿈에도 몰랐다. 할 얘기는 하나 더 있었다.

"머리카락 자른 건…… 미안해. 내가 자르려고 한 건 아니고, 그쪽이 그렇게 한 걸 반사한 거지만. 중요한 거였다며. 뭐, 시장의 번영 기원?"

"머리카락?"

유슬은 까맣게 잊고 있었단 듯이 짧은 머리카락을 쓸었다.

"이런 건 아무것도 아니다. 의지가 중요한 것이지. 내가, 네게 미안하다."

유슬의 말에 옆에서 종이에 줄을 긋고 있던 박하가 소리 없이 입을 딱 벌렸다.

"시장을 위한 일이라 믿었으니 후회하지 않는다. 다만, 너를 강제한 것은 변명의 여지가 없다."

뻣뻣하고 두루뭉술한 사과였지만 유슬이 엄마와 보관소를 위해 한 일을 고려하면 이 정도로도 만족했다.

유슬은 박하를 의식했는지 엄마에게 서류를 보내겠다 말하곤 보관소를 나갔다.

"유슬이 머리 숙이는 건 처음 봐."

박하가 호들갑을 떨었다.

박하는 이채와 함께 엄마를 도왔다. 남은 물건들을 챙겨 목록을 만드는 일이었는데, 새로운 윤도가 나타날 때마다 박하는 눈을 질끈 감고 이채 쪽으로 밀어 놓곤 했다.

성벽에서 우리를 도와주었던 문지기도 자주 들러 일을 도왔다. 그는 성벽 말고 보관소에서 일하고 싶다며 포부를 밝히기도 했다. 박쥐 할머니가 말했던 것처럼 보관소에 고여 있던 것들은 흘러가고 새로운 것이 채워지고 있었다.

이채는 엄마에게서 이야기를 끌어내는 재주가 있었다.

"아까는 그 십이지신 액막이 그림에 대해 이야기를 들었다. 여기서 들은 이야기로 책을 써도 되겠구나."

이채는 전주에 산다는 나이 많은 은퇴한 상궁에게 편지를 보내고 답을 기다리는 중이었다. 그 상궁은 왕자이고 왕이었던 이채는 기억하지 못할 것이나, 자기가 돌봤던 어린아이는 기억할 수도 있었다. 이채는 그 기억에 희망을 걸었다.

나 또한 이채가 왕이었고 죽은 자였다는 걸 깜박 잊곤 했다. 토영과 연관 지어서야 참 그런 일이 있었지, 하고 생각이 났다. 그렇게 이채의 본디 이름은 사람들의 기억 속에서 서서히 지워지는 모양이었다. 그래도 함께 시장을 헤맸던 소년으로서의 이채만은 확실하게 기억했다.

"언제까지 이럴까? 상처는 거의 아물었다는데."

박하가 토영을 내려다보며 말했다. 토영이 몸을 움츠리자 윤기 나는 털이 바르르 떨렸다.

토영은 여전히 여우인 채였다. 인간의 모습이어야 위협을 받지 않을 텐데, 토영은 돌아올 기색이 없었다.

"이러고 있는 게 편한 모양이다."

이채는 토영의 털을 쓰다듬었다. 토영은 이채의 발치에 머리를 놓았다.

인간일 때 토영은 언제나 이채를, 우리를 지키려 했다. 여우의 모습이 되어서야 맘 편히 돌봄을 받을 수 있는 건지도 몰랐다.

"그래도, 언제까지나 이럴 수야 없지."

이채가 토영의 머리를 잡아 바닥에 내려놓으며 단호하게 말했다.

"토영, 네가 계속 이 모습이고 싶다면 난들 어쩌겠느냐. 다만 전주까지 널 데리고 갈 수는 없다. 너는 여기 머물도록 해라. 나 혼자 가겠다. 모라, 어머니께 여쭤봐 주겠느냐. 여우를 보관할 수 있는지."

이채의 말에 여우의 까만 눈동자가 마구 흔들렸다.

"그럼 내가 먹을 걸 챙겨 줄게. 사람 먹는 거랑은 좀 다른 게 필요할 거 아냐."

박하는 한 술 더 떴다.

그 말이 어지간히 충격이었던지, 토영은 바로 다음 날 인간으로 돌아왔다.

"어색합니다."

토영이 팔찌를 어루만지며 말했다. 윤 사장이 시장의 장인에 의뢰해 만들어다 준 팔찌였다. 쉽게 여우로 변하지 않도록 막아 주고 여우 그림자를 감춰 주는 팔찌라고 했다. 이채가 들고 온 저승 노잣돈의 반이 그걸 맞추는 데 들어갔다.

윤 사장은 토영을 깔끔하게 포기하는 대신 전주의 유서 깊은 식당들에 그릇을 납품할 계획을 세우고 있었다. 이채는 자신이 도움이 되면 꼭 돕겠노라고 약속했다.

보관소에는 토영과 나 둘뿐이었다. 엄마는 방에서 자고 있었고 박하와 이채는 점심을 먹자마자 시장에 나갔다. 시장에 푹 빠진 이채에게 박하는 최고의 길동무였다.

나무판자를 떼어 낸 창으로 부드러운 가을 오후의 햇빛이 들어와 토영의 머리카락 위에 가볍게 내려앉았다. 뺨과 팔에 긴 상처가 생긴 걸 보니 속이 상했다.

"제가 그런 부탁을 드리지 않았다면 이런 일들은 다 없었을까요?"

토영이 내게 물었다.

아, 전생처럼 아득한 기억이었다. 물과 호떡을 이채에게 전해 달라던 토영의 부탁을 내가 거절했다면 우리는 어떻게 달라졌을까.

"한 가지는 분명해. 지금처럼 되지는 못했을 거야."

엄마를 만나지 못했을지도 모른다. 아니, 만나고도 그저 원망하며 돌아섰을지도 모른다. 빙 돌았기에, 그러면서 겪은 일들 덕에 지금이 있었다.

"고마워."

내 말에 토영은 의외라는 듯 눈을 크게 떴다.

"그렇게 고생을 하셨는데요."

시장은 주고, 받는 곳. 우리는 대가를 치렀고 지금을 얻었다. 그리고 나는 이 지금이 좋았다. 마음껏 싫어하고, 좋아하고, 믿고, 의지하고, 화를 내고⋯⋯, 참았던 것을 다 해 보았다. 그러고 보니 지금의 나는 압력 밥솥과 같지 않았다. 여기선 끓는 걸 참을 일이 없어서였다. 그냥 끓고, 넘치고, 불이 꺼졌다 켜지고, 계속 그랬어서. 다 끓고 난 내 속은 잔잔했다.

"나가서의 일이 기대됩니다. 전하께서 보통 사람으로 사실 것이고, 궁에서 해 보지 못하신 것들을 하실 수 있겠지요."

"너는? 너는 어떨 것 같은데?"

"아직 생각 안 해 봤습니다."

토영이 머쓱하게 웃었다.

"나도 생각 안 해 봤어."

시장을 나가서 살게 될 삶은 어떤 것일까. 주문이 옅어져 누군가 내게 해코지하면 그대로 받게 되리란 건 겁나지 않았다. 차라리 기대되었다. 이시연과도 제대로 싸워 볼 거고, 누군가를 싫어하게 될까 봐, 또 미움을 사게 될까 봐 겁내지도 않을 거였다. 실은 이시연과 왜 싸웠는지도 희미해졌다. 그땐 너무나 강렬한 감정이었는데 시장에 와서 다 풀린 것 같았다. 참지 않고, 누르지 않고, 흘러가게 두었기 때문에.

남은 주문 때문에 또 반사하는 일이 생기더라도, 이상한 아이 취급을 받더라도 감당할 수 있을 것이다. 나는 주문이 이상하지 않은 세상을 알고 있다.

다만 여기서 만난 사람들이 없을 것이라는 사실이 몸서리 처지게 쓸쓸했다.

나는 속으로 말을 골랐다. 며칠 전부터 계속 머릿속에 맴돌던 것이었다.

"이쪽 말고, '저쪽'으로 가면 어때? 거기도 나쁘진 않아."

아빠는 받아 줄 거다. 집에 빈방도 있다. 거기 사람들은 여우가 사람이 된다는 건 상상도 못 할 테니까, 맘 편히 살 수 있을 것이다.

"분명 그렇겠지요."

토영은 살며시 웃었다. 부드러운 거절이었다. 나는 말을 돌렸다.

"이제 존댓말은 안 해도 되지 않나."

"아직 좀 어색해서……. 다음에 만나게 되면 해 보겠습니다."

우리에게 다음이 있을까? 나는 '저쪽'으로 돌아가야 하는데.

"우리 장 봐 왔어!"

박하와 이채가 떠들썩하게 들어왔다.

이채는 선물이라며 봉지에서 검은색 뜨개 팔 토시를 꺼내 토영에게 주었다. 토영이 토시를 팔목에 끼자 팔찌가 자연스럽게 가려졌다.

"이건 모라 네 것이다. 나와 토영을 돌봐주어 고맙다."

내 선물은 뜨개 목도리였다. 빨강과 주황, 노랑 색깔 실이 섞여 있어 불꽃 같았다.

"나는 이거 받았어."

박하가 머리에 쓴 파랑 털모자를 가리켰다.

이채는 선물을 준 이유를 밝혔다.

"전주에서 답장이 왔다. 언제든 오라는구나. 내일 시장을 나가려 한다. 새 보관소가 완성되는 걸 보지 못해 아쉽지만 언제까지나 신세 질 수도 없는 노릇이니."

툭, 팽팽한 실이 끊어진 듯 나도 결정을 내렸다. 기다리는 줄도 모르고 기다렸던 순간이었다.

"그럼 나도 내일 나가야겠다."

"뭐야, 다들 이러기야?"

박하가 아쉬워했다. 그러나 박하는 우리와 함께 시간을 보내느라 배달일도 쉬었고, 경험 많은 여리꾼들에게서 일을 배우기로 한 것도 미루고 있었다. 이제는 일상으로 돌아가야 할 때였다.

"오늘 밤 파티라도 하자! 맛있는 거도 먹고. 박하야, 그 야채 호떡!"

나는 일부러 더 목소리를 높였다. 박하는 시장 명물을 다 모아 오겠다고, 자기만 믿으라고 큰소리를 쳤다.

그 말대로 저녁엔 보관소 홀에 푸짐한 상이 차려졌다. 갈치조림부터 추억의 야채 호떡과 만두, 칼국수와 비빔밥까지 풍성했다. 보관소 일을 돕고 있는 문지기는 전병 과자를 한 아름 안고 들렀다. 윤 사장과 유슬도 초대를 했는데, 윤 사장은 기꺼이 왔고 유슬은 일이 바쁘다며 거절했다. 대신 과일 바구니를 보내 주었다.

"먹으면 사라질 것보다는 쓸 수 있는 게 낫겠지요. 여기, 선물을 가지고 왔습니다."

윤 사장이 과일 바구니를 옆으로 밀고 그 자리에 찻잔 세트와 차를 놓았다. 엄마는 그게 보관소에 보관하려는 물건이 아니라 자기에게 주는 선물이라는 걸 이해하지 못했지만 받아 두긴 했다.

나는 윤 사장이 여전히 꺼림칙했다. 그래도 마지막에 보관소 편을 들어주었다는 점을 감안해서 티는 안 냈다.

"내가 말했던가? 나도 그쪽 출신이라는 거."

윤 사장이 닭꼬치를 들고 내게 말했다. 나와 엄마 말고도 양쪽을 오간 사람이 있다니!

"텃세가 어마무시했지. 창고에 한 달을 갇혀 수만 개는 될 그릇을 검수한 적도 있어. 시장에서 성공하겠다는 꿈 하나로 버텼지. 왜 사서 고생을 하느냐는 말도 들었지만, 내 꿈은 여기에 있었다."

윤 사장은 의미심장한 미소를 지었다.

"너라면 이해하겠지."

나도 어쩌면, 내 꿈이 여기 있다면, 돌아올 수도 있다는 얘기였다.

한바탕 먹고 마신 후에 나는 엄마 옆에 앉았다. 다들 잘 놀고 있는 걸 보니 더 먹먹해져서 엄마 옆에 있는 게 나았다. 일부러 신난 척하지 않아도 되니까. 엄마는 물처럼 땅처럼 고요했다.

엄마가 불쑥 입을 열었다.

"이 돌을 만지고 있으면 어깨가 가뿐하구나. 대신 물건들을 눌러 주는 것 같기도 하고."

엄마는 환혼석을 줄로 매어 목에 걸고 있었다.

"누름돌이 될 만한 것을 찾아 헤맸던 적이 있지. 네 아빠를 만나서 시장을 떠나려 했을 때."

"기억이 더 나요?"

놀라 물었다. 엄마는 혀로 입술을 축였다.

"조각난 장면들이 떠올라. 처음에 엄마는…… 네 할머니는 혼자 감당할 수 있다고, 나가라고 했지. 하지만 두 해가 지나 아픈 너를 데리고 돌아와서 보니 보관소는 엉망이 되어 있었어. 엄만 창고 안에 이불을 깔고 거기서 지내고 있더구나. 미라처럼 말라서 움직이지도 못하더니 내가 옆에 있으니 그제야 피가 돌고 자리에서 일어나 앉았지. 그런 엄마를 두고 나올 순 없었어. 보관소에서 주문을 찾아 네게 걸고, 네 아빠와 너만 내보냈다."

이 주문이 정말 보관소에 있던 거였다니! 나는 윤 사장 눈치를 봤다. 윤 사장은 이채와 문지기를 상대로 열변을 토하느라 듣지 못한 듯했다.

"네 할머니가 주문을 빼돌려 주었고, 나는 모르는 척했어. 진실을 알게 되면 그러지 말라고 말리게 될까 봐. 그렇게 이기적이었지."

엄마의 목소리가 작아졌다.

"……그래도 널 살리는 게 우선이었다. 엄마는, 네 아빠에게 이 일을 언급하지 않겠다고 맹세시켰어. 너와 네 아빠가 시장을 나가고 난 뒤 엄마는 그해를 못 넘기고 돌아가셨어. 보관품을 훔친 대가였지. 엄마의 목숨이 담보가 되는 줄 알았더라면 다른 선택을 했었을까."

"이 주문 때문에 할머니가……."

말이 채 나오지 않았다. 엄마가 내 손등에 손을 댔다. 예상 못한 접촉이라 움찔 몸을 떨었다. 엄마는 바로 손을 뗐지만 손등에 엄마의 감촉이 남았다.

"지나간 일이야. 네 의지는 조금도 반영되지 않았지. 그러니 신경 쓸 것 없다."

딱 선을 긋는 것. 그게 엄마의 방식이었다. 이제는 그게 나를 밀어내려는 게 아니라 나에게 기회를 주는 일이라는 걸 알 것 같았다.

주문 때문에 위험에 빠졌고 주문 덕분에 위험에서 빠져나왔다. 주문이 얼마나 쓸모 있는지, 또 쓸모없을 수 있는지도 알았다. 하나로 정리할 수 없는 게 꼭 엄마에 대한 내 마음 같았다.

"참, 주문이 무뎌졌대요, 허기의 털을 뽑은 할머니가 그랬어요."

"그렇다면 나가서 아플지도 몰라. 많이 컸으니 그때와는 사정이 다르겠지만."

"아프게 되면 다시 올게요."

다시, 엄마를 보러. 이럴 수도 있는 거구나. 시장에 오기 전엔 몰랐다. 이 모든 것을 겪지 않고서는 내릴 수 없는 결론이었다. 그러니,

"시장에 오길 잘했어요."

엄마는 환혼석을 손바닥 위에서 굴렸다.

"아직은 모르지, 시장에 있는 동안에는. 시장에서야 잘 샀다고 만족하더라도 막상 나가서 보면 속았구나 싶을 때도 있으니까. 나가 봐야 알아."

"나가서 보면 더 잘 샀다고 생각할 수도 있죠."

내가 말하자 엄마는 내게 시선을 돌렸다.

"그렇구나. 앞날은 다를 수도 있는 것이구나……. 난 내 목숨이 다할 때까지 이곳을 지키려 했다. 미래는 생각할 여력이 없었지. 그러다 내가 죽었다면 보관소는 역시 터져 나갔을 것이다. ……네가 오지 않았다면."

생략된 말에 마음이 벅찼다. 내가 왔기 때문에, 앞날이 달라졌다. 엄마를, 보관소를 구했다. 아, 역시 시장에 오길 잘했다.

"참, 아빠가 처음 여기 왔을 때요, 아빠는 뭘 맡겼어요?"

까치에게서 얘기를 듣고 난 뒤로 늘 궁금하던 것이었다. 엄마가 피식 웃었다.

"책 사이에 끼워 말린 작은 꽃이었어."

건드리면 죽는 독초였을까? 가지고 있는 사람까지 말려 버리는 꽃?

"그저 평범한 제비꽃이었어. 자기에겐 중요한 것이라더구나. 영원히 남아 있길 바란다며 내게 맡기고선 그 보관증을……."

엄마가 다시 웃었다. 이번엔 소리 내어서.

"씹어 삼켰어. 대단한 사람이었지."

엄마가 웃는 얼굴은 새로웠다. 아빠는 이 얼굴로 엄마를 기억할까. 나도 모르게 따라 웃었다가 퍼뜩 기억을 해냈다. 방금 제비꽃이라고 했지? 나는 가방을 뒤져 접은 종이 사이에 끼워 놓았던 마른 꽃을 꺼냈다.

"이것도 제비꽃이에요! 내가 꽃시장에서 골랐거든요? 와, 아빠도 제비꽃을 맡겼다니, 진짜 신기하다!"

엄마는 별 감흥 없는 듯 말린 꽃을 내려다보았다. 이럴 줄 알아서 서운하지도 않았다. 나는 제비꽃을 엄마에게 내밀었다.

"이거 맡길게요."

엄마는 보관소 핏줄은 물건을 맡길 수 없다며 고개를 저었다.

"보관소에 맡기는 거 아니고, 엄마한테요."

엄마는 의아한 듯했지만 말없이 꽃을 받아들었다. 엄마는 자신이 곧 보관소라고 생각하고 있지만, 그렇지 않다는 걸 나는 안다. 엄마는 엄마고 보관소는 보관소다. 엄마도 알기를 바랐지만 지금은 이것으로도 충분했다.

아빠가 꽃에 담아 보관한 기억은 무엇이었을까? 돌아가서 물어봐야겠다. 나는 돌아가야 할 이유를 하나 더 늘렸다.

"보관소가 정리되면, 나 없이도 굴러가게 되면 너와 네 아빠를 만나러……."

엄마는 말을 하다 말았다. 지킬 수 없는 약속은 안 하는 거, 그것도 엄마다운 점이었다.

"만나러 와요. 급하게는 말고 언젠가, 그럴 수 있을 때요. 아니면, 내가 다시 와도 되고요."

지금 이 충분한 기분은 찰나이고, 시장 밖에서는 다시 엄마의 결정을 원망하거나 탓하게 될 수도 있을 것이다. 그러나 시장에는 나머지와 덤이 있고 다음을 기약하는 약속이 있다.

아, 나는 빈손으로 나가는 게 아니었다.

"모라! 너도 한 표 내!"

박하가 나를 불렀다. 이채와 까치 중 누가 옛이야기를 더 자세히 아는지 대결을 하는 모양이었다.

"이번 것은 나의 승리다. 그렇지 않느냐?"

이채가 자신 있게 말하자 까치가 날개를 퍼덕였다.

"너는 책에서 읽었겠지! 나는 호랑이에게서 직접 들었다!"

"그림 속 호랑이라, 이빨이나 제대로 있더냐?"

차를 음미하던 윤 사장이 딴죽을 걸었다. 토영이 푹 웃음을 터뜨렸고 까치는 약이 올라 털을 화락 부풀렸다.

"알지도 못하면서 말 얹지 마라. 현아, 네가 말 좀 해 줘라, 너는 알지 않느냐!"

까치가 엄마를 불렀다. 엄마는 아무 말도 하지 않았지만 입꼬리가 살짝 올라갔다.

"어허! 모라, 너는 내 편이겠지!"

"뭘 알아야 편을 들어주지."

"됐다! 동고동락한 인연도 끝이다!"

왁자지껄하게 웃음이 터졌다. 창고 안 물건들이 함께 소리 죽여 웃는 것 같기도 했다.

처음 보관소에 들어왔을 때 이곳은 죽어 있는 것 같았다. 그러나 보관소의 물건들은 나올 기회만을 엿보며 들끓고 있었고 엄마의 안에도 눌려 굳어 있던 감정과 마음이 있었다. 나와는 상관없이, 원래 있었던 것들. 그래서 안심이었다.

다음 날 아침, 나는 보관소 입구에서 엄마와 작별했다. 까치는 앞으론 오지랖 부리지 말고 자중하며 살라고, 내게 진심 어린 마지막 인사를 건넸다.

이채와 토영도 짐을 챙겨 나와 함께 나왔다. 박하가 입구까지 배웅하기로 해서 같이 걷는데, 넷 다 말이 없었다. 무슨 말을 해야 할지 몰랐다. 다시 보자고 하면 또 볼 수는 있는 걸까. 다들 나처럼 아쉬울까.

"어? 잠깐만요!"

작은 손이 내 옷자락을 잡았다. 처음 보는 어린아이였는데, 목소리는 낯설지가 않았다.

"저 도와주신 분 아니에요? 옷이 똑같은데. 그믐장에서, 약 살 때!"

내가 약 흥정을 도와주었던 아이였다. 아이는 계속 날 찾고 있었다고 말했다.

"아빠가 갚아야 한다고 그러셨거든요. 우리 가게에 가요! 아빠가 보답을 해 주실 거예요!"

아이가 초롱초롱한 눈으로 나를 보았다. 자연스레 대답이 생각났다. 나는 허리를 굽혀 아이와 눈을 맞췄다.

"나한테 안 갚아도 돼. 나중에, 도움이 필요한 사람을 만났을 때 도와주면 돼."

"그게 모라 네가 될 수도 있지 않겠느냐."

이채가 말하자 박하가 맞장구를 쳤다.

"그러려면 시장에 또 와야겠네!"

구름이 걷히고 해가 내리쬐듯 우리의 얼굴에 웃음이 번졌다. 우리는 웃으며, 시장처럼 떠들며 마지막 길을 함께 걸었다. 내가 시장에 들어올 때 지나온 지하 통로 앞이 우리가 헤어질 곳이었다.

"갈게."

나는 가방에서 이채가 준 뜨개 목도리를 꺼내 둘렀다. 목도리를 하기엔 아직은 이른 날씨였지만 이로써 돌아갈 준비가 되었다.

나는 뒤돌아 손을 흔들었다. 박하는 울상을 했고 이채는 잔잔하게 웃었다. 그리고 토영이 크게 외쳤다.

"다음에 봐!"

"이제야 반말이냐."

어이없어서 웃음이 났다.

시장을 뒤로 하고 투명한 막을 지나 계단을 한 칸씩 내려갔다. 웃음도 눈물도 나는 대로 두었다.

이게 끝이 아니다. 내가 여기서 얻은 것들이 내 답이 될지 확인해봐야 한다. 그건 시장 밖에서만 가능한 것. 그러고 나면 다시 돌아올 수도 있을 것이다.

전과 같은, 그러나 아주 다를 본래의 세상을 향해, 나는 발을 내딛었다.

엄마를 찾아간 열다섯 모라의 새로운 신화

새로운 신화를 쓰고픈 마음에서 이 이야기가 시작되었다.

신화를 읽다 보면 아버지를 찾아가는 소년의 이야기가 자주 나온다. 소년은 아버지가 남긴 증표, 예를 들면 부러진 칼 같은 것을 들고 아버지를 만나러 간다. 아버지는 보통 왕이고, 소년은 자신을 증명하고 아버지의 뒤를 이어 왕이 된다.

나는 어머니를 찾아가는 소녀의 이야기를 쓰고 싶었다. 그러나 이 소녀는 어머니의 뒤를 잇기 위해 가는 게 아니다. 어머니에게서 받은 증표를 없애고 어머니의 운명과 계획에서 벗어나기 위해 떠나는 것이다.

시작은 좋았다. 모라의 이름도, 남대문시장이라는 장소도, 증표로서의 반사의 주문도 그다지 어렵지 않게 떠올랐다.

이야기를 쓰는 과정은 시작과 달리 어렵고 길었다. 시장에서 길을 잃은 것처럼 많이 헤맸다. 하고 싶은 얘기와 묘사하고 싶은 풍경과 쓰고 싶은 말들이 너무 많은 것도 문제였고, 무엇보다 모라의 마음을 이해하기가 힘들었다. 모라는 정말로 반사의 주문을 풀고 싶을까?

실은, 나는 이런 주문을 원했다. 상처가 될 만한 것들을 다 튕겨 내고 좋은 것만 받아들일 수 있다면 얼마나 편할까. 나 자신에게, 내가 사랑하는 사람들에게 이런 주문을 걸고 싶었다. 두툼한 보호막으로 스스로를 감싸고 싶었다.

　그러나 이야기를 쓰면서 나는 서서히 반사의 주문을 포기하게 되었다.

　보호막에 감싸진 채로는 이 뜨겁고 차갑고 따끔거리고 보드라운 삶의 질감을 느끼지 못할 것이기에. 아픔과 기쁨을 받고, 다치고, 낫고, 또 돌려 주며 사는 것이 고통을 넘어서는 자유일 것이기에.

　나는 모라가 자유롭기를 바랐고, 이야기는 이렇게 끝이 났다.

　다만 나는 이 이야기가 끝났다는 게 아직도 실감이 안 난다. 시장을 나간 모라와 이채와 토영, 그리고 시장에 남은 박하가 궁금하고 미처 쓰지 못한 시장의 구석구석이 눈에 밟힌다.

　아무리 미련이 남아도 작가는 마지막 문장을 쓸 수밖에 없는 법. 남은 희망은 독자들에게 걸겠다. 이 책을 읽는 이들이 빈자리를 채워 나가기를, 모라와 함께 시장을 헤매기를, 원하는 것을 찾고 또 버리며 자유롭기를 바라본다.

마지막으로 설정에 대해 몇 마디 덧붙이려 한다.

'저쪽' 남대문시장의 여러 장소들은 상상으로 지어냈지만 꽃시장이나 그릇상가, 갈치 골목은 실제 '이쪽'의 남대문시장에도 있다. 모라가 박하를 만난 계단도 그렇다. 옛날 숭례문 밖에 있었다던 큰 연못 남지는 아쉽게도 지금은 없다.

어릴 적부터 엄마를 따라 남대문시장을 오갔으면서도 여전히 엄마 없이는 길이 헷갈린다. 그만큼 복잡하게 얽힌 것이 남대문시장의 매력이기도 하다. 그 복잡한 시장의 구조와 역사를 파악하는 데 여러 책들, 특히 서울역사박물관 전시 도록인 『남대문시장 : 모든 물건이 모이고 흩어지는 시장백화점』의 도움을 받았다.

그믐장과 허기는 북아메리카 원주민들의 증여 의식인 포틀래치에서 아이디어를 얻은 것으로, 교환과 순환, 증여의 개념 덕에 반사의 주문과 시장을 다른 각도에서 볼 수 있었다.

　　죽은 왕이 된 셋째 왕자 이야기는 예전에 꿈으로 꾸었던 것이다. 자기 자신의 장례를 치르고 도망쳐 나오던 어린 소년의 모습이 늘 마음 한편에 남아 있었는데, 이번에 풀어낼 수 있어 기뻤다.

　　갈수록 방금 떠오른 아이디어보다 오래 쌓아 둔 이야기를 쓰는 일이 늘어나고 있다. 짓눌려 납작해진 채 잊힐 뻔한 이야기를 무사히 세상에 내보낼 수 있도록 도와주신 여러 분들께 감사드린다.

2023년 6월, 김혜진

먼저 읽은 독자들이 말하는
『여기는 시장, 각오가 필요하지』

+ 책을 펼친 순간부터 이야기가 끝날 때까지 책을 손에서 놓기 아쉬울 정도로 이야기에 빠져들었다. 시장에서의 모험은 흥분되고 엄마와의 만남은 가슴이 찡했다. 모라의 다음 발걸음은 어디일까? _김주현

+ 보호막이 되어 준 것으로부터 벗어날 때 진정한 성장이 시작된다는 것을 독자들에게 이보다 더 재밌게 이야기해 줄 수 있을까! _한건우

+ 「센과 치히로의 행방불명」의 한국판. 애니메이션으로 나오길 기대한다. _이야기소녀워니

+ 주인공 모라뿐 아니라 이채, 박하, 토영이 함께 성장하는 것을 보며 나도 한 뼘 성장하는 기분이었다. _윤수아

+ 믿을 수 없을 정도로 치밀하고 꼼꼼한 전개와 각자의 사연이 담긴 인물들이 합쳐서 새로운 신화를 만들어 낸다. _김소은

+ 지금까지 K 판타지는 잊어라. 주의! 책을 펼치면 헤어날 수 없다. 반사의 주문도 안 통한다. _김서윤

+ 등장인물, 장소, 속도감, 몰입감 무엇 하나 매력적이지 않은 게 없다. 생생하게 살아나는 장면들로 이미 머릿속은 실사로 재생될 만큼 재미있다. 그 시절 우리와 함께 자란 해리 포터처럼 모라, 박하, 이채, 토영과 함께 모험하고 성장할 수 있다. _hj7776

+ 보호막 밖으로 걸어 나가 단단해질 아이들과 지켜보며 응원해 줘야 하는 부모님이 함께 읽으면 좋은 책. _널그리다

+ 각자의 목표가 다른 개성 넘치는 네 명의 주인공이 서로를 도와 가며 우정을 쌓고 함께 꿈에 도달하는 과정이 독자에게 용기를 주는 이야기이다. _최율

+ 단연코 올해 읽은 책 중에 최고였다! _고은선

+ 자신이 원하는 것을 향해 나아간 네 아이들의 당찬 각오와 용기에 박수를 보낸다. _이윤서

+ 한 편의 판타지 영화를 본 듯하다. _박선경

+ 나는 이 책을 읽는 동안 남대문시장에 들어가 새로운 세상을 보았다. _김우진

+ 본래 세상과 다른 세상을 보여 주는, 그 어떤 책에서도 보지 못한 신기한 느낌을 준 책이다. _주소연

+ 안전을 우선시하는 부모 밑에서 자란 모라가 남대문시장 속 상상의 세계로 들어가며 펼쳐지는 모험 판타지! 틀을 깨고 나와 자유롭게 살라고 말해 주는 책! _임수진

+ 물건을 사고파는 남대문시장이라는 가장 한국적인 장소에서 이세계로 떠나는 모험이 펼쳐진다는 점과 스스로 문제를 해결하려는 주인공의 모습이 흥미로웠다. _하은

+ 남대문시장이라는 평범한 공간이 이토록 새롭게 펼쳐질 수 있다니! 킹스 크로스역 9와 3/4 승강장만큼이나 강렬하게 가 보고 싶다. _승훈

+ 저쪽 세상에서 펼쳐지는 네 아이들의 모험! 영화를 보는 듯한 빠른 전개로 시작부터 끝까지 지루할 틈이 없다. _연성은

+ 신비한 남대문시장에서 다양한 인물들을 만나며 나의 존재에 대해 생각해 보게 하는 책. 한번 읽기 시작하면 뒤가 궁금해서 멈출 수가 없다. _홍예찬

+ 남대문시장이라는 친숙하면서도 익숙한 공간을 시공간을 초월한 신비한 장소로 설정하여 새로움을 주는 한국형 판타지. _이수아

+ 책을 읽다 보니 이 책도 일종의 주고받는 시장이 아닌가 싶었다. 내 시간을 가져갔지만 모라, 이채, 토영, 박하의 모험에 나를 데려가주었다. _이하연

+ 자신의 보호막인 엄마의 주문에서 벗어나고픈 모라의 여정이 흥미진진했고 자유의 의미를 다시 떠올려 보게 된 것 같다. _그대의고양이

+ 진짜 시장처럼 읽을거리가 많은 판타지. 덤으로 모험 뒤에는 절절한 엄마와 딸의 이야기가 들어 있다. _신이슬

•이 책은 2021년도 한국문화예술위원회 아르코문학창작기금에 선정되었습니다.

텍스트T 006
여기는 시장, 각오가 필요하지

초판 1쇄 발행 2023년 6월 30일 **초판 4쇄 발행** 2024년 6월 14일

글 김혜진
펴낸이 최순영

어린이 문학 팀장 박현숙
키즈 디자인 팀장 이수현 **디자인** 검정글씨 민희라 **본문 조판** 김효정

펴낸곳 (주)위즈덤하우스 **출판등록** 2000년 5월 23일 제13-1071호
주소 서울특별시 마포구 양화로 19 합정오피스빌딩 17층
전화 02)2179-5600 **내용문의** 02)2179-5768
홈페이지 www.wisdomhouse.co.kr **전자우편** kids@wisdomhouse.co.kr

ⓒ 김혜진, 2023

ISBN 979-11-6812-626-8 43810